邵毅平 著

马赛鱼汤

复旦大学出版社

目 录

外婆的棺材 …………………… 1
外婆与二舅 …………………… 4
外婆与我 ……………………… 7
假客气 ………………………… 10
祖母与外婆 …………………… 13
一包米 ………………………… 16
猫 ……………………………… 19
祖母的江南 …………………… 22
我的小学 ……………………… 24
张老师 ………………………… 27
原罪 …………………………… 30

兴国路	33
我的中学	36
兄弟中学	39
吻	42
"文革"读书记	45
凋谢的青春的果实	48
一个人的纪念	51
忆苦思甜	54
挑粪	56
双眼皮的军长	59
老骨头	62
一别三十年	66
我看"高考1977"	69
我的大学	72
花圈	75
好为人师	78
大师	81
学生她娘	83
似是而非	86
修碗	89
攮羊	92

三国迷	95
太黑字说	98
阿南留学前记	100
樱花的另一面	103
小酒馆之夜	106
相马君	109
父亲学日语	112
上帝的感觉	115
巴黎观墓	118
莎乐美	122
雷恩的米兰·昆德拉	126
亲爱的马塞尔	130
卡米耶	135
名片与门票	139
马赛鱼汤	143
跋	147

外婆的棺材

我曾经有过一张写字台,是用外婆的棺材木头做的。

外婆是乡下的小脚老太太,很早就为自己准备好了"寿器",也就是棺材。我记得是安放在侧屋里的,夜里看上去有点阴森森,我不喜欢它。

外婆却喜欢得很,时不时地摸摸,一脸的心满意足。我后来想通了,外婆身无长物,这棺材就是她唯一像样的财物了;外婆一生勤苦,这棺材也是她唯一可得的安慰了。

然而,火葬的风渐渐刮到乡下来了。外婆门前的河里,时常会有出殡的船摇过,船上显眼地厝着棺材。每当这时,外婆就会触景生情:

"等我走了,就睏(睡)不着棺材了……"说着说着,眼泪汪汪起来。

我心里不以为然,只觉得外婆没见识,可笑,嘴上却还是哄她:"火葬好,火烧不疼咯……"

火葬是决定性的了。外婆的棺材成了累赘,而我正需要一张写字台。于是小姨、小姨夫就张罗着,用棺材木头给我打了张写字台,式样是当时流行的"捷克式",还说:"棺材棺材,升官发财。"

我不喜欢外婆的棺材,却喜欢这张写字台,成日在上面读书写字。但从中学写到下乡,写到回城上大学,又写到毕业工作,却既没有升官,也没有发财。

有一天,我正在上面写着什么,乡下传来消息,说外婆走了。我摸摸写字台,心里忽然起了一种古怪的念头:我的写字台用掉了外婆的棺材木头,外婆走的时候该不会怪我吧?

这么说来,我好像欠外婆一口棺材。于是便留心起来。美国影片里的那种不锈钢棺材,外壳锃光瓦亮,衬里温暖舒适,很适合外婆那把老骨头,像是不错。尤其是朱迪·福斯特主演的《空中危机》(*Flightplan*)里,其亡夫的那口棺材还带有密码锁,很是神奇。密码么,除了我们这些外婆的子孙后代,可以只告诉与外婆要好的乡邻,不告诉那些跟她怄过气的人……

明知不现实,想想总归可以的。

但是,如果外婆还是喜欢她的那口木头棺材呢?

我的那张写字台,在我搬迁新居时,因嫌它式样老土,又被我送回了乡下。其后来的命运是——不知所终。

容我再想想。

2008 年 11 月 14 日

(原载 2008 年 11 月 25 日《新民晚报》"夜光杯",改题为《外婆的"寿器"》)

外婆与二舅

我从未见过我的二舅。

不过,在相当一个时期里,我一直很满意这一点。二舅解放前跟朋友去台湾谋生,解放后,自然成了大家政治前途上的"隐患"。我们小辈也受了影响,唯一可以"撇清"的,就是从来没有见过他。

等到二舅不再是大家的"隐患"了,我也觉得不妨可以见见他了,他却在回乡前夕去世了。

这个不幸的消息,只瞒过了外婆一人。

二舅是外婆心头永远的痛。一生闻见不出乡里的她,每次见了我,都会问同一个严肃的问题:"啥辰光解放台湾啥?"好像我上了学念了书,消息就会比她灵通似的。

我心知时机尚未成熟,却只得敷衍她说:"快了快了,就要解放了……"不知就里的人听起来,还以为我是个人物,一切都取决于我呢。

外婆跟着二舅走了。外婆走的时候,心里肯定也像陆游一样,"但悲不见九州同"。

去年暑假,阿南得了访问台湾的机会,去参加一个大学生交流项目。正是我二舅赴台时的年龄。送他去机场的路上,我心里曾念头一闪:如果台海局势风云突变,让他像我二舅一样回不来……我外婆的心,一定是常被刀割着的。

阿南在台湾,受到了我表兄弟们的热情款待。他回来后报告说,我二舅家的房子,造于1950年代,建在台南的一座小山丘上,却不像通常那样朝南,而是朝西的,面向大陆,天气晴朗的时候,看得见台湾海峡。

我一听就激动了:"是于右任'葬我于高山之上兮,望我大陆',思乡的意思吧?"

阿南却连连摇头:"大伯(我表兄)说了,老爷子(我二舅)当初这么造房子,是盼着'反攻大陆'的意思。——反动得很哩!"

我笑了,跟他说了我外婆念念不忘"解放台湾"的事。

现在,这两个口号都已经成为了历史,而曾经被它们遮蔽了的亲情,正像春潮一样怒涨了起来。

唉,我的外婆和二舅啊,你俩在天国里,一个"解放"过去,一个"反攻"过来,好好地母子重逢吧!

2008 年 11 月 15 日

(原载 2009 年 1 月 24 日《新民晚报》"夜光杯")

外 婆 与 我

我小时候有过的大大小小的烦恼中,有个不大不小的是关于自己的身高的。简单地说,我一直对自己的身高持悲观主义态度。理所当然的,这种态度也成了全家人的共识。

只有外婆是例外,在我的身高问题上,她是个无可救药的乐观主义者。

她常住乡下老家,但也常来城里;我常住城里,但也常回乡下。隔三岔五地,我们就能见面。于是,每次见面时,第一幕一定是这样的——

外婆先是把我从头到脚打量一番,然后快活地、满意地、不容置疑地宣布:

"又长高了,长高不少了!"

我便松了一口气,觉得对生活重又充满了希望。她也像是放下了悬念,接着就会向我打听何时解放台湾之类消息。

我从小到大,这一幕,像百老汇的经典剧目,演了又演。

在语文课上,学到成语"揠苗助长"时,我想,世上如果真有这样的人,那一定就是我外婆了。

到"文革"结束时,我已经"成人",不再"长高"了。回顾十年"文革"史,每年都说"工农业生产总值大幅度增长",若把增长数字累加起来,应该早就"超英赶美"了,结果却是"国民经济濒临崩溃的边缘";回顾我的"长高"史,如果外婆的"长高论"都属实的话,我也应该有现在的姚明这么高了,结果却是我的身高虽不至于"崩溃",却同样增长有限。

其实,我早就明白了外婆的目测是靠不住的,标尺才是硬道理;何况小时候的烦恼情随事迁,早已被其他种种新的烦恼所取代了。

外婆却不知道我心思已变,而且也不会再"长高",还是一见面就上下打量我,然后快活地、满意地、不容置疑地宣布:

"又长高了,长高不少了!"

再后来,我的孩子出生了,外婆自然是欢喜。也许是出于惯性吧,外婆一见了孩子,就会用同样的语气宣布:

"又大了,大了不少了!"——好像句型也是可以"世袭"似的。

不过我注意到,说孩子时,她说的是"大",而不是"高"。我猜,可能她觉得孩子还小,还没有资格用"高"字?或者她认为"高"字是我的专利?

说完孩子,她一转身,看到孩子边上的我,似乎觉得冷落了我,有点过意不去,马上又安慰我道:

"你也长高了,又长高不少了!"

……

这一幕,像百老汇的经典剧目,演了又演。

终于有一天,这一幕不再上演了——外婆走了。

我还以为这一幕会一直演到地老天荒呢!

2008年12月9日

(原载2009年2月22日《新民晚报》"夜光杯")

假 客 气

小时候跟外婆上街,满街上漂浮着各种点心的诱人香气,让饥肠辘辘的我垂涎欲滴。小脚老太太走得慢,还要一路跟熟人打招呼,话家常。我闲得无聊,便细细地"眼食"那些点心。像现今插播广告似的,外婆在社交活动的间歇,意识到我的存在,便会热情、慷慨地问:

"阿要买只茶叶蛋你吃吃?"

"阿要买块鸡子糕你吃吃?"

……

每当这时,我总是天人交战一番,然后咽一口口水,坚决地回答:

"勿,我不饿!"

"我现在不想吃!"

……

我这么说,当然是假客气,因为晓得外婆口袋里其实没什么钱。她是一个没有收入的乡下老太太,靠几个子女有限的接济过日子,而她的子女们也都并不宽裕。我不能雪上加霜。

每听得我这么说,她便像是松了口气,继续她的社交活动,还对乡邻们夸我:"这个小人懂事体的,一点也不馋痨……"于是在乡下,我便得了"不馋痨"、"懂事体"的好名声。戴了好名声的高帽子,我的拒绝就更坚决了——似乎也只能拒绝了(古时的烈女节妇大概就是这么养成的吧)。只是偶尔也会起点小人之心,猜疑外婆是否也在假客气?

流年暗换。轮到我牵着阿南上街了。满街上照例漂浮着各种点心的诱人香气。我想起了外婆和小时候的自己,而口袋里好像还有点钱,便也热情、慷慨地问阿南:

"阿要买个汉堡包你吃吃?"

"阿要买只烤鸡腿你啃啃?"

……

想不到,他的回答竟与小时候的我一模一样:

"覅,我不饿!"

"我现在不想吃!"

……

"真是有种像种啊!"我感慨着,想起了谁谁的遗传学说。然而且慢,耳边分明传来了不平之鸣:

"爸爸为啥总在我饱的时候问呀?饿的时候问的话我都想吃的!"

原来我想错了。我已不是我的外婆,他也不是小时候的我。一切都变了。

"就是要乘你饱的时候问,我才不用真花钱。"我跟他开玩笑。又对他讲起我跟外婆上街的事,有点忆苦思甜的意思。他的反应却再次出乎我的意料:

"爸爸阿是觉得我馋痨,不像爸爸小时候懂事体啊?"

我一时语塞。唉,怎么会呢,阿南?其实我小时候也馋痨的,我一点都不想懂事体,也不要什么好名声。我多么想像你一样,对外婆说:"我都想吃的!"外婆呢,口袋里有的是钞票,底气十足地买这买那,满意地看着我吃,还对乡邻们夸我:"这个小人胃口好咯!"可以肯定,后来吃的各种点心,再也不会有那么好吃……

然而那种好日子,那种天上落茶叶蛋鸡子糕的好日子,对我来说是不可能再有的了!

2010 年 2 月 25 日

(原载 2010 年 12 月 24 日《新民晚报》"夜光杯")

祖母与外婆

又是清明时节了。

写这个"比较文学"式题目的时候,我颇感踌躇:是把祖母放前面呢?还是把外婆放前面?好像怎么都不妥当,会委屈其中的一位。那么在题目后加个括号,说明"排名不分先后",或"按去世先后排列"?又好像也太"那个"了。算了,外婆已经多次领衔了,这次就委屈她殿后吧。

她俩都是乡下人,而且居然是同乡。不过,一个在城南门外乡下,一个在城北门外乡下,如果不是因为我们兄弟,她们可能风马牛不相及。我小时候一直两头跑,即使南辕北辙,或北辕南辙,也总会跑进一家,落空不了。但跑得烦了,就抱怨她们跟我作对,故意分开住,让我两头奔波。后来阿南也有了同样的诧异,说爷爷住城北外公住城南,为何不住在他左右隔壁呢?可见有其父必有其子,遗传的力量很强大。

虽然在题目里我把祖母放前面,但论觉悟,却是外婆的要高一些。比如说,外婆老想着"解放台湾",祖母对此却毫无兴趣。这自然也是因为祖母没有儿子在台湾。但是说祖母觉悟不高,却不止这一件事情。"文革"中,我父亲在城里挨斗,祖母就在乡下流泪。我没见过父亲挨斗游街(简称"游斗")的场面(听说很壮观的,他的队伍就在市长的队伍后面,这曾让我觉得很有面子),却老看见祖母流泪。祖母一流泪,我就心烦意乱。为了宽慰她,我就做思想工作,说挨斗是好事,不挨斗要"变修"的。她不懂"变修"是怎么回事,我就解释说是变成修正主义,像赫鲁晓夫那样。于是她就更不懂了,什么锈针主意,什么喝卤孝妇,与我们有什么相干?要斗为什么不斗他们,却斗我们?见她无可理喻,我就不耐烦了。跟外婆在一起时,就没有这些麻烦。外婆要流泪,理由就高尚得多,为的是"解放台湾";当然也有不高尚的时候,比如为了她的棺材。但相比前一个理由,可以说是瑕不掩瑜的。

这么说来说去,好像我不喜欢祖母似的,这却不是事实。事实是两位老人我都喜欢。喜欢是感情的事，与觉悟高低无关。在这方面，我自己也很没有觉悟，比较感性。祖父和外公过世得早，我从来没见过他们，所有关于祖辈的记忆，全属于祖母和外婆。如果祖父和外公活转过来，我反而会觉得不习惯的，因为没法在记忆里安顿他们。比如上次祖坟动迁，看见了祖父的髑髅，感觉是奇怪的陌生；如果看见的是祖母的，可能就会觉得亲切一些——但祖母和外婆都是火化的，不会留下什么髑髅（可见后死也有后死的坏处）。我后来一直好奇：没有髑髅的她们与有髑髅的他们，怎么才能黄泉相认、和平共处呢？

现在，祖父母的合葬坟在城南郊外，外公外婆的合葬坟在城北郊外。无论我南辕北辙或北辕南辙，我总能看到其中的一处。我不再抱怨她们让我两头奔波。想起她们我满心忧伤。

2009 年 3 月 29 日

（原载 2011 年 4 月 12 日《新民晚报》"夜光杯"）

一　包　米

每次走进超市,面对琳琅满目的货架,我总是对米情有独钟。摸摸这包,掂掂那袋,恨不得把它们都搬回家去。终于需要买米了,那就是我的节日,自告奋勇,走马超市,挑挑拣拣,选定一袋,一定"亲自"拎回家,决不让送货上门的。而且越沉越好,哪怕换手再换手,歇脚又歇脚,好像拎的不是米,而是幸福。无奈现今米越吃越少,手上的感觉也越来越轻,让人徒生"生命中不能承受之轻"之叹。

我也曾犹豫过,如果有机会"自主创业",是开书店好呢,还是开米店?盘算来盘算去,几乎每次都是米店胜出。开一爿米店,摆各色好米,卖完就续上,闻着看着,心满意足,梦里都会笑醒的。

我知道,我这么变态,皆起因于小时候的一包米。那是很小的一包米,用男式手帕包着,四只角扎起来,就那么一小包,再鼓鼓囊囊,估计也不会超过两三斤。那是我父亲托人从城里带回乡下,带给我祖母的,放在大门间的八仙桌上,我曾两眼放光地看着它,分明看见了一个伊甸园。然后,它就……不见了!

不见了……米没有脚,即使包上手帕,也没有脚,不见了的意思,就是被人拿走了——我不想说"偷",没有人会"偷"一包米的,尤其是那么一小包。如果有人拿走了它,那一定是因为饿昏了,就像我和祖母一样。对孔乙己来说,偷书不算"偷",是"窃";按他的逻辑演绎,米连"窃"也算不上,只能说是"拿"。

但毕竟伊甸园消失了,不见了,没有了……于是,祖孙二人,对着那张八仙桌,那个失乐园,嚎啕大哭,直哭得风云变态,日月失色……我不记得自己小时候喜欢过童话,想来就是因为伊甸园失去得太早的缘故。

从没有喜欢过童话的我,却早早地读上了巴尔扎克。在他的《欧也妮·葛朗台》里,我最同情老葛朗台。不错,他是个守财奴,仓库里收藏着大量的金银财宝,甚至还有人家送的各色点心,发了霉变了质,也舍不得扔掉。我一向对他的收藏前者不以为然,但对他的收藏后者却心有戚戚焉——他小时候一定也是饿过肚子的!

甚至,也许,也有人拿走过他的一包米!

2010 年 4 月 23 日于日本京都
(原载 2010 年 8 月 4 日《新民晚报》"夜光杯")

猫

初夏,新装了一台空调,包装纸箱没有马上扔掉,随手放在院子里。等到想起来去扔,刚一搬动,却有一只猫"嗖"地一声从纸箱里蹿出来,把我吓了一跳。然而猫却并不走远,只在数步开外,转过身子,警惕地盯着我,嘴里"喵喵"作声,像是警告,又像是乞求。我若有所悟,轻轻掀开纸箱——只见两只极小的小猫,才老鼠般大小,一只白底黑斑,一只黑底白斑,发出微弱的声息,轻轻地蠕动着,煞是可怜。噢,明白了,是那只母猫的孩子,难怪它会那么紧张!刹那间,小时候的一幕,又一次浮上心头。

也是一只母猫,冬天怕冷,常睡在我脚边的。也是初夏,在阁楼上生了一窝小猫。已忘了一共有几只,只记得祖母说过的,"一虎二狗三猫四鼠"——一窝的数量越少越好:一窝一只,那就是老虎;一窝两只,抵得上狗;一窝三只,还勉强能算是猫;一窝四只,那就老鼠不如了!

我有的是闲功夫,便每天去看它们。看母猫忙里忙外,照顾小猫;也看小猫日长夜大,越来越调皮可爱。母猫跟我熟,我常喂它"猫鱼"(人所不吃的小杂鱼),小猫也不怕我。渐渐地,小猫可以跟着母猫外出了,它们打闹着,翻来滚去,没有安静的时候。但一有风吹草动,就往母猫身后躲,静静地,露出怯生生的眼神。母猫则警惕地盯着假想敌,作护犊状。

一天,有乡邻来访,带来一纸包点心(好像是糖糕)。祖母说,那家人家闹鼠患,来请小猫,养大了好退敌,点心是谢礼。我这才明白,原来小猫是可以换点心的,心中便窃喜。母猫不在,大概觅食去了。来人把小猫放进篮子里,带走了。小猫很乖,只是不安地"喵喵"叫着。我只惦记着点心,根本没想到别的。

母猫回来了。它开始躁动不安,它开始上蹿下跳。它无数次箭一般地蹿过我的脚边,它把所有的角角落落都翻了个遍。它发出凄厉的绝望的惨叫声,跟我在春夜听到的很不一样……迟钝的我,惦记着点心的我,也终于开始明白了:它在寻找它的小猫!

凄厉的绝望的惨叫声持续了很久,很久,一整天,一整夜……我心里有什么东西在碎裂。祖母安慰我说,会过去的,母猫会忘了的,明年还会生新的小猫的。但对我来说,这凄厉的绝望的惨叫声是不会过去的,也不会忘了的。从此,我没再养过猫,也没养过其他宠物。

……

我把纸箱轻轻盖好,对母猫招招手,表示友好,然后退回了屋内。

我没再去管它们。小区里有的是爱猫者,母猫不愁找不到食物。

过了一阵子,觉得纸箱里安静异常,担心小猫们会否出事,便再次掀开纸箱——里面已空空如也。

我松了一口气。现在,可以把纸箱扔掉了。

……

不久前经过小区花园,认出了那对已长大不少的小猫,还是在一起玩耍,却不见母猫的踪影。有爱猫者告诉我,母猫被"人"捉走了……

2011年7月4日

(原载2013年7月6日《新民晚报》"夜光杯")

祖母的江南

我的故乡在江南。又是暮春三月了,我在日本的京都,看过美丽的樱花,想起了江南的好风景。那是南北朝时就有名的,因为有人写过,"暮春三月,江南草长,杂花生树,群莺乱飞"——花是杂花,莺是乱飞,不是江南人,不晓得这有多贴切!后来的同乡先辈们,于此不能赘一语,我也不能。

但在我的江南图里,有一点与他们不同——真的只是一小"点"。我走在故乡的田埂上,朝着老家的村子走去,周围烟雨迷蒙,花杂草长。在我的江南图上,会淡入一个小墨点,它越来越清晰,渐渐地成了人形。我知道,那是我的祖母,晓得我要回乡,早早守在田头,手搭凉棚,眯眼张望。虽然烟雨迷蒙,什么都看不分明,但祖母在那里,在我的江南图里,守望着我,这我知道。

真的见面了,祖母反而没话说,只一句"你转来了",便掉头朝村子走去。如果是外婆,就会夸我:"又长高了,长高不少了!"但祖母不会。我跟在祖母后面,也有一搭没一搭,心里一片安宁。后来读了子曰诗云,知道这叫"我心则降"。

离开是河水倒流,磁带回放。祖母静静地伫立着,手搭凉棚,眯眼送我。她的身影越来越模糊,又变回为小墨点,最后淡出了我的江南图……虽然烟雨迷蒙,什么都看不见了,但祖母在那里,在我的江南图里,守望着我,这我知道。

祖母走后,我很少再回故乡,很少再到暮春三月的江南。因为无论我怎样走近故乡,不会再出现我的祖母。我的江南图已经变样,没有人再守望着我了。

虽然这样,江南还是我的江南。我的祖母、外婆,我的同乡先辈们,都融进了江南的泥土里,空气中。这也就是为什么,在日本的京都,虽然樱花美丽,但我思念江南。

2010年5月6日于日本京都

(原载2013年6月4日《新民晚报》"夜光杯")

我 的 小 学

我的小学简称"曹大",听上去像是大学,很神气的样子,其实却是一所简陋的弄堂小学,还是民办的,一点都不神气。

民办学校现今很时髦,高额学费,"贵族"教育,还寄宿制,大家急吼吼往里挤,惟恐挤不进去。我们那时却相反,公办的才好,民办的打入另册,大家看不起的。

我报名时的理想,是离"曹大"不远的"三中心"(长宁区第三中心小学),"曹大"则根本不在我眼里。幼儿园毕业时,院长语重心长地说,你们以后要记牢,你们是上过幼儿园的,跟人家是不一样的,将来是要做大事体的——那时候幼儿园少,确实很少人上,我后来的同学,就大都没上过。既然连幼儿园都上过,自然是要进"三中心"的。况且,报名面试时,我牢记院长的嘱咐,回答问题响亮,踏步踏卖力,脚跟一直甩到"背当心里"(后背中央),还不肯停下来——有双亲大人现场目击证词为证。

结果却被发配到了"曹大"。附近那些没上过幼儿园的,从小在弄堂里野大的,踏步踏也不会的,倒都进了"三中心"。乔太守乱点鸳鸯谱,考官们肯定没睡醒。虎落平阳,英雄失路,从此无脸再见院长。

"曹大"的来历似乎是这样的,因为我们前后那几届,正遇上"大跃进"前后的生育高峰,人数太多,公办小学实在容纳不下,便动用社会力量办学应急。说是"民办",其实并不是今天"私立"的意思,也不收费。那时根本就没有"私立"的东西,无论学校还是企业还是思想。

好吧,既来之,则安之。大丈夫能屈能伸。世无伯乐,千里马还是要做的。但回首我的"曹大"岁月,想起来的却似乎都是自己的劣迹:为了第一任班主任打架,贴第二任班主任大字报,装病逃课在外下棋打扑克,当枪手替同学做作业换书看……

"文革"开始后,大约五六年级的时候,好像是学校调整,我们又被全部并入了"三中心"。可事过境迁,我对"三中心"已经一点热情也没有了;我的全部热情,都已经随着我的斑斑劣迹,留在了我那亲爱的"曹大"。我当时就想好了,以后要是有了出息,只承认是"曹大"培养的,"三中心"别想沾光!

可惜出息一事,至今没有动静,连累"曹大"也默默无闻。少壮不努力,老大徒伤悲呵!

"曹大"的全称是"曹家堰大跃进小学"。不久前重访母校,欣慰地看到校舍还在,只不知用途如何。它的后边,是"嘉里华庭"的公寓大楼,正虎视眈眈地俯瞰着它。我担心它迟早会被吃掉。于是晚上做了一个梦,梦见有位校友成了伟人(也许就是我自己的化身),校舍由此成了历史保护建筑。

2009 年 7 月 12 日

(原载 2010 年 5 月 11 日《新民晚报》"夜光杯")

张 老 师

说来怪不好意思的,上学第一天我就打架了,而且打得头破血流的。

事情的起因是这样的。第一堂课下课后,我在走廊上遇到隔壁班级的熟人阿三,就向他吹嘘我们的班主任张老师如何好看。可恶的阿三,却非跟我抬杠,坚称他们的班主任孙老师还要好看。争执不下之余,因为都是"小人",便从动口发展至动手。我的战术拙劣(或根本没有战术),一通昏头昏脑的手脚并用之后,便脑袋着地,"头开花"(碰破头皮)了。同学们手忙脚乱,把我送回了家里。父母都上班去了,只有外婆在家。她倒是并不惊慌,给我煎了几个鸡蛋,说是祖传偏方,吃了可以止血的(我是直到今天也没弄明白其中的道理)。

我为之打架的张老师,后来果然没让我失望。她不仅人长得好看,心肠也挺好的,课又上得清爽。我喜欢她的课,在她的课上如鱼得水;可如果是单独见她,我又会很紧张。

不过即使是这样,我也没有理由不逃课。那天我去附近的一家工地"打仗",刚满身泥土地回到家里,却突报她来家访,说是没见我去上课,担心我病了,特地过来看看。我只得躺上床装病,家人则帮着我圆谎。她一点都没有觉察,还让我安心休息,别牵记功课(哈哈,我会吗)。事后我很是自责,老师这么信任我,我却忍心骗她。当然不久又忘了。

二年级时我真病了,传染上了肝炎,被关进了隔离病房。张老师不怕传染,跑来医院看我,说一些安慰的话。但说着说着,她就哭了起来,倒弄得我难为情。临走时,她掏出一卷水果糖,隔着隔离网递给我。这让我激动万分,到现在还忘不了。"我敢说,那是我迄今吃过的最好吃的水果糖!"——不,我不会这么说的。那种水果糖实在普通,一毛钱一卷,一卷十粒,平时也常吃的。那卷水果糖的味道,不可能与众不同,说实话我早忘了。我激动不是因为它好吃,而是因为那是她送的,而且是在我"落难"的时候。

后来轮到她病了,我们几个同学相约去看她。她家很窄小,像是阁楼的样子。她躺在床上,我们围在床边,都害羞着不说话,弄得跟遗体告别似的。那时我真恨自己,因为离她太近,不免心慌意乱,头脑一片空白。

又后来进了中学,有同学说,张老师是他的远房亲戚。这让我很郁闷,那么完美的张老师,怎么可能是一个普通同学的普通亲戚呢?

"文革"前上学晚,我上学时,虚岁已八岁了。张老师那时却还年轻,大约三十来岁的样子。屈指算算,如果她大我二十岁的话,现在应该是古稀老太太了。

但我不相信算术可以算计人生,在我心里,张老师是永远年轻而好看着的。

2009 年 4 月 20 日

(原载 2009 年 6 月 9 日《新民晚报》"夜光杯")

原　　罪

"文革"开始时,我小学三年级。

"革命"是悄悄来到我们小学的。先是有天晚上路过学校门口,看到围墙上贴了几张"白报纸",墨汁淋漓地写着许多大字,内容却因路灯昏暗看不分明。路过的大人们指指戳戳,竖起耳朵,才听出意思来,原来这叫"大字报",是附近延安中学里的"红卫兵"来贴的,为的是"星星之火,可以燎原",把"革命火种"撒向我们小学。

渐渐地,空气中弥漫着不安与兴奋,教室里也"喧哗与骚动"起来。小学生当然也要"革命",要"革命"就没时间上课,于是就"停课闹革命"了,大家像过节一样开心。后来看英国影片《希望与荣耀》(*Hope and Glory*),"我"

有一天去学校上课,却见所有学生都在操场上,把书包扔向空中,雀跃欢呼——原来德国飞机空袭伦敦,把"我"的学校给炸了——就觉得很懂。

革命不是请客吃饭,不是做文章,但"大字报"例外,是非写不可的。写什么呢?大家七嘴八舌,却不得要领。还是我觉悟高,说我们班主任老师的一句口头禅,"你们给我如何如何",很有问题——我们是为革命学习,又不是为她学习,她怎么可以这么说呢?于是就写出来,贴出去,在"忽如一夜春风来,千树万树梨花开"的铺天盖地的"大字报"阵中,占了一席之地。别人不看,我自己看,怎么看都义正词严,于是很有成就感。这是我的"处女作"。

其实我早就对这位老师有意见了。首先是她长得不如我们一二年级时的班主任老师好看;其次是她课上得实在不怎么样,讲着讲着就乱了,还要问我们该怎么讲下去;再次是她看不懂我的作文,我胡乱写一篇,她就到处逢人说项斯,我认真写一篇,她却怀疑我是抄来的。而最让我们看不起她的,是有一次她正语无伦次地上着课,忽然有个拖鼻涕的小姑娘进来,问她要家里的钥匙——原来是她女儿!真是岂有此理!我敢肯定,这种可笑的事情,就不会发生在那位好看的老师身上。

但我写"大字报"的时候,却并没有意识到这些,有的只是满腔的高尚。后来读了弗洛伊德,心里才觉得不爽。后来还知道这叫"莫须有",不只是秦桧一个人的专利。

看时下回忆"文革"的文章,大家不是"逍遥派",就是早有怀疑与反感,或者敢怒而不敢言,甚至暗中抵制,让我一读一惭愧,一读一沮丧,痛恨自己浑浑噩噩,很傻很天真,醒悟得晚。

中国人是不相信所谓"原罪"的(此刻电脑里就出不来这个词),但我却怀疑,自己身上可能还是有点"原罪"的(这次电脑里出来这个词了)。

2009年3月23日

(原载2009年4月22日《新民晚报》"夜光杯")

兴 国 路

华山路江苏路口附近有一条小马路,叫兴国路。兴国路虽小,却极有名头,因为旁边有兴国宾馆,传说是伟人来沪常住之处。不胜荣幸,在下也曾住在那一带,不过不是里面,而是外面。

每次伟人入住兴国宾馆,报纸上当然不会报道,全国人民也都不晓得,只有我们这些邻居知道。倒不是说我们能见到他,而是每次戒备森严,我们出不了弄堂,就知道伟人要来住了。有时候我也瞎操心,想万一我们弄堂里住着坏人,那不是分明告诉他消息了吗?他再用秘密电台向台湾一报告,那不是非常之危险了吗?好在我的担心从未变成现实。估计是我们弄堂里并无坏人,也可能是秘密电台年久失灵了。

平日里兴国路却极寂静,虽有哨兵巡逻,而且是双巡逻——马路这边一个,马路对面一个,遥相呼应,可内紧外松,两个哨兵都很低调,像例行公事一样走着,到了"拐点"再往回走,互相也不招呼聊天,除了附近居民知根知底,一般路人不大会注意的。以致给人以错觉,以为这是一处世外桃源,可以随便做点什么,比如散散步什么的。

散步尽管散步,但我母校"曹大"的小王老师,却上了这种错觉的当,做了点过分的事出来。"曹大"是个"蜗居"型小学,螺蛳壳里做道场,有个迷你操场,却没有跑道,做做广播操还可以,上起体育课来,一跑步就撞墙,只得不停地转圈,直转得晕头转向,集体昏倒。小王老师教体育,很敬业,一直苦于体育课没场地。有一天突发奇想,觉得既然学校附近有这么一条安静的马路,又没有车辆来往,不用来上体育课实在有点可惜,便把队伍拉到了兴国路上,还组织同学们比赛跑步。他举起发令枪,"各就各位,预备——","啪"地一声枪响,就突然冲过来两个哨兵(我觉得就是那对双巡逻,肯定早就盯上他了),以迅雷不及掩耳盗铃之势,把他扭转双臂,摁倒在地,解除了他的"武装"。学校派人去说明情况后,他被放了回来,委屈得不行,一边擦着冷汗,一边喃喃自语:"我哪能晓得,我哪能晓得……"可惜我不在他的体育课上,要不然这种事情不会发生。而且当时我就不平,小王老师瘦得像芦柴棒,一下子扑上去两个哨兵,好像杀鸡用牛刀,实在有点小题大做。估计是哨兵闲得无聊,正好借机训练一下。

对小时候的我来说,除了神秘的兴国宾馆,兴国路还有一处亮点:在兴国路的另一头,有一家废品回收站。家里要卖什么废品,都派我去,作为补偿,卖废品的钱归我所得。我自然有了积极性,成了那里的常客。我常拎着旧报纸之类,走过寂静的兴国路,回来时手里多了几只角子。托那家废品回收站的福,我"挖到了第一桶金",买下了平生第一本书。那书名我还记得,叫《兄弟民兵》,是本薄薄的连环画,定价一角一分(也许一角二分)。

当年读那本连环画时,我有一种奇怪的幻觉:"兄弟民兵"参了军,在兴国路上双巡逻,一道保卫兴国宾馆,还活捉了小王老师……

2010 年 5 月 12 日于日本京都

我 的 中 学

我的中学是上海滩上赫赫有名的延安中学,它是"文革"前上海十所老牌市重点之一(听说现在市重点已增至三四十所了)。但说来惭愧,延安中学过去或现在的辉煌,我却是一点边都沾不上的。我上中学那会,正是"文革"时期,哪还有什么"市重点"、"区重点",所有中学一律平等,不用考试,就近入学。我们那一届,十六个班级,每班近六十人,整整上千人呵,把个"英国兵营"闹腾的!无论"文革"前后,如果考试的话,我们中是否有百分之一的人能考得进去,还真是不好说。我常提心吊胆,暗自揣测,我们"文革"中的这几届,一定是校史上"最黑暗的一页"。面对我"文革"前后的校友,我一直有"滥竽充数"

之感。

但我们"黑暗",我们的老师却不"黑暗",还把我们带向光明。教我们数学的龚老师,生性梗直敢言,从不隐瞒对我辈的不屑。有一阵,学校抓教学质量,搞了几次数学竞赛,我每次都有幸"中奖",不免有点沾沾自喜。龚老师就泼我冷水,说像我这样的,要放在"文革"前的本校,也不过就是中等程度而已。我听了不仅不扫兴,反而乐得眉开眼笑:像我这样不用考试就近入学混入名校的,竟可与当年千辛万苦考进来的中等程度的学生一比?于是至今认龚老师为伯乐,把他的打击当补药吃,减轻了"滥竽充数"的负疚感。

我们的老校长毛焕庆,掌门学校四分之一世纪,是一个平易近人的大好人,以至于我们语文课上朗读文天祥的《过零丁洋》时,大家总要加大了嗓门,把最后一联改读成"人生自古谁无死,留取丹心毛～～焕～～庆",以表达我们对他的崇高敬意。但听说他"文革"前却是威风十足的,他自己也曾在全校大会上"检讨"说,"文革"前为了市重点的面子,曾拒绝身有残障的学生入学——"文革"期间曾听过数不清的检讨,可只有这一条却一直难以忘怀,且以为他检讨得一点都没错。即使在今天,也仍值得许多校长检讨的。

延安中学是卧虎藏龙之地,多少优秀教员曾在此执教。但是在"文革"期间,许多教员都被"打倒"了,有的还被关进了"牛棚"。即使后来又被放了出来,也难以回到教学岗位上,大都只能在校园里打杂。还记得有一个打扫卫生的小老头,总是一副畏畏缩缩的样子,同学们见了他总是叫他"老牛",他每次必定委屈而认真地申辩:"什么老牛不老牛的,我老早就解放了!"后来才知道,他是学校里最优秀的理科教员之一,"文革"前曾被学生们奉若神明!"大贤虎变愚不测,当年颇似寻常人。"我们可真是有眼无珠呵!

我已不记得自己当初是否也叫过他"老牛"。我想我最好承认是叫过的。而今我自己也已两鬓斑白,大概也进入了学生们眼中的"小老头"行列。回首往事,我想对复旦"8900后"的学子们说,哪怕你们在BBS上对我板砖横飞,我也绝不会抱怨的,那是我罪有应得!

2009 年 7 月 10 日

(原载 2009 年 10 月 29 日《新民晚报》"夜光杯")

兄弟中学

我的中学是延安中学,附近有一所"脚碰脚"(同档次)的兄弟中学,那就是市三中学。市三中学"文革"前后都是女中,"文革"期间却男女共校,成了与我们一样的普通中学。

既然是"脚碰脚"的兄弟中学,当然会互相"别苗头"(竞争)。虽然成了普通中学,但它原来是所女中,这个我们是知道的。所以就读市三中学的男生,常成为我们的嘲笑对象。在这方面我们先得一分。但我自己有一个兄弟,也就读于市三中学,这成了我的软肋。

市三中学离我们学校很近,走过去大概一刻钟左右。那时常有各种会议和活动,把我们引入它美丽的校园。

我们的校园原是"英国兵营",连炮楼都是原装的,有一种粗犷、原始的阳刚之气;而市三中学的校园却是阴柔的,大草坪周边点缀着优雅的欧式建筑,让我们这些来自兵营的野蛮人自惭形秽。这方面我们似乎失了一分。

顺便说一句,前不久,我们亲爱的炮楼时来运转,被确定为上海市优秀历史建筑,这让我们很是扬眉吐气。然而,那些士兵住的营房,我们曾经的教室,却永远地消失了。而没有了营房,炮楼就很孤独,很无助。市三女中的校园却仍完整着。这种对比让我们黯然神伤。

不过,比起校园来,更让我们失分的一件事,发生在1972年。那年,尼克松总统"打着白旗",踏上了中国的土地。对于此事,市三同学的热情,好像有点夸张。那段时间,他们说起尼克松来,从来不肯叫"尼克松",而总是亲热地叫"克松","克松"长"克松"短的。一打听,说是他们的老校长薛正,1940年代留学美国,跟尼克松有一面之缘(或类似的什么事情)。老校长的熟人来了,自然是要分外亲热的,所以按照中国的习惯,省略了"尼"字,而只叫"克松"。我们这厢呢,也打听了一下,老校长毛焕庆,尼克松不必提了,连基辛格都沾不上边,对中美关系毫无贡献。这让我们郁闷不已,老校长的光辉形象,遂也因此打了折扣。

这个遗憾,就我个人而言,十几年后才得到补偿。1984年,里根总统访华,在秦始皇陵对兵马俑们喊了"解散"以后,又跑来上海对复旦学生讲演。那天谢希德校长亲自作陪,有同学问了一个什么问题,里根总统指指谢校长说,这方面你们校长比我更熟悉……那时候,我算是懂了当年市三同学的心思。但"里根"才两个字,我又怎能亲热地叫他"根"呢?或者可以叫他"阿根"?

我现在的学生里,也常有来自市三女中的。她们大概连尼克松也不一定知道了,遑论那些关于"克松"的陈年旧事了。我的故事常常是欲言又止。

听说现在两所中学还是"脚碰脚",估计互相"别苗头"也一如既往。我无限深情地祝福这对难兄难弟,当然很可原谅地更偏心于母校一些。

2009年7月11日

(原载2010年2月21日《新民晚报》"夜光杯")

吻

现在以"气死"(kiss)著称的"吻",与一般以为是西洋舶来品的流行看法相反,却是有着两千多年悠久历史的国粹。比如在汉武帝时代的《柏梁台联句》中,就有"啮妃女唇甘如饴"的诗句,意思是与妃女接吻,其唇甘美如饴糖。这是目前所知中国文学中最早的关于"吻"的表现。

但这个值得自豪的悠久的"吻"的传统,在中国文学中却始终没有成为主流——主流是"执子之手"之类,与"吻"部位有别而较为含蓄。而到了"横扫一切"的"文革"时期,"吻"更是成了一个禁区或禁字,无论在生活中还是文学里,都讳莫如深。但是且慢——

英语老师正在黑板上写着"Long live…"(……万岁)

什么的,阿华却在下面"扑哧"一声笑了出来,在昏昏欲睡的教室里惹起了一阵骚动。待英语老师转过身来寻找罪魁祸首,阿华早已无事人一般地左顾右盼,装作也像是在寻找失笑者的样子。这是他的故技,屡试不爽的。我们知道,他肯定又在桌肚里放了什么"禁书",乘老师不注意时偷看了。

下课了,我们围住阿华,打听是什么书让他失笑。他一脸得意,说书名叫《俊友》,是一个姓莫的法国人写的,里面的故事很"下作"(下流)。他眉飞色舞地介绍着故事情节:俊友追求女人,一个接着一个;每次与女人约会,都要"勿"来"勿"去……他边说边嘴巴"啪啪"作响,又嘿嘿嘿嘿贼笑了起来。

大家也都跟着笑了起来,笑得很难为情,很意思暧昧,很心照不宣。大家都为这个被他读作"勿"的字而笑。虽然这个字从不在公开场合出现,无论课本里报刊上文件中,但大家都知道这个字存在着,且不用查字典就知道其意思。这是个让人心跳的字。

那天,因为邂逅了这个字,阿华小小地露了一把脸,我们也胡思乱想了一番。

在现在这个舞台上星星们把"气死"挥汗如雨般随便乱抛的时代,还能想象仅仅不久前那个年轻人把"吻"读作"勿"的时代吗?

想想都后怕,中国值得自豪的悠久的"吻"的传统,曾经如此地不绝如缕,命悬一线!

不过回头来看,真正"long live"的,难道不还是"吻"吗?

2009 年 4 月 23 日

(原载 2009 年 7 月 27 日《新民晚报》"夜光杯")

"文革"读书记

我的中小学时代是在"文革"中度过的。与"文革"中什么书都读不到的一般印象不同,我在整个"文革"期间其实都不缺少书读。我像猎狗搜索猎物、美食家寻觅美食一样,无孔不入地搜寻着一切可以一读的书,而且似乎总有办法如愿以偿。在家长老师的眼皮底下偷读"禁书",充满了冒险的刺激与挑战的乐趣,成为那个荒唐的岁月里难得的乐事。

为同学捉刀做功课是常用的方法之一,借此可以换来他们家中的漏网之书。一篇作文换来了缺头少尾的海涅,几道数学题换来了大半本《复活》,一张英语卷换来了残破的《奥涅金》……也有同学食言的,捉了刀却不给书。

这种没有信誉的家伙,是我觅书路上的噩梦。好在多数同学是讲信誉的。

有一次,我竟然觅到了《红与黑》,用什么换的已不大记得(好像是替人打扫了教室)。留给我的时间只有一天,在家里读不太方便,在学校读又有点危险,于是就带着它去了区图书馆。

区图书馆藏书有限,且大都是"红色经典",但还是经常客满。阅览室里,有十来张书桌,每张书桌可坐四人,互相挨得很紧,邻座的书,对面的书,一目了然。我正沉浸在于连和瑞那夫人的纠葛里,只听得耳边一声压低了嗓门的惊呼:

"《红与黑》!"

原来是邻座发现了我的书,失声叫了出来。于是阅览室里所有的视线,都齐刷刷地射向了我,然后又聚焦到我的书上。那一刻,我既紧张,又骄傲,虚荣心高度膨胀。我想,作者本人被书迷认出,其感觉也不过如此吧?

"这里借的?"邻座明知不现实,却试探地问道,眼里闪着希冀的微光。我摇摇头,那微光便熄灭了,还伴着一声叹息。其他的视线们,也都黯然收回。石沉水底,阅览室恢复了宁静。

……

就这样,靠着锲而不舍和运气,在"文革"的"硝烟"中,我完成了自己的文学启蒙教育。于是也就可以理解,当《班主任》带着《伤痕》呼啸而至时,它们对我和我的同类来说,自然是"解冻"的象征意义大于文学意义了。

2009年4月24日

(原载2009年8月31日《新民晚报》"夜光杯")

凋谢的青春的果实

我初次接触《欧根·奥涅金》,是在"文革"期间。那时候的情形众所周知,简直是一片文化沙漠。一天,有同学借给我一本既没有封面也没有封底的旧书,前面有一帧普希金的肖像,一帧列宾画的彩色的决斗图。我知道这就是我想望已久的《欧根·奥涅金》了,心里不禁一阵激动。

那天晚上,我一口气把它读完了。但放下书本,却再也无法入睡。那厌倦了生活的奥涅金,那美丽痴情而又孤独不幸的达吉雅娜,那单纯善良的连斯基,那热烈可爱的奥丽嘉,都栩栩如生地浮现在我的眼前。那些美妙动人的诗句,像音乐般地在我的脑海中回旋。我披衣而起,推开窗户,庭院里月光皎洁,树影婆娑,达吉雅娜向奥涅金倾吐爱情的场面,仿佛就在眼前……这是我读书生涯里许多激动而又痛苦的夜晚中的一个,留在我的记忆里,再也抹不掉。

有人说,青春时代读过的书是最美好,最难忘的,因为那时候情感丰富,感受敏锐,对生活和人生充满了幻想,充满了信心,所以最容易受那些好书的影响,留下动人的回忆。我觉得的确是这样。那本《欧根·奥涅金》,已经和我的青春时代连在了一起。近些年来,有好几种《叶甫盖尼·奥涅金》的新译本在书店里出现,我一一读过,觉得都是些很好的译本。然而,心里总不免有些失望,因为它们不是曾经在我那不幸的青春时代给过我慰藉的那个译本,那些译文我一点都不熟悉。

前些日子,在学校阅览室的新书架上,我忽然发现了《欧根·奥涅金》,凭藉它那与众不同的书名,我就预感到它就是我所读过的那个译本。我打开书,那些熟悉的诗句与题词一下子跳入我的眼帘:"我不想取悦骄狂的人世/只希望博得朋友的欣赏","这是凋谢的青春的果实/里面有冷静的头脑的记录/和一颗苦涩的心灵的倾诉","活得匆忙/来不及感受","别了/如果是永远地/那就永远地/别了"……噢,就是它了!我轻轻地抚摸着它,那过去了的青春时代,仿佛又隐隐约约地在我眼前重现。

仅仅这个时候,我才知道"文革"中我所读过的那个缺头少尾的译本的译者,是普希金作品有名的翻译者查良铮,而他,正是在"文革"中去世的。

1984 年岁末

(原载 2014 年 12 月 9 日《新民晚报》"夜光杯")

一个人的纪念

正要吃晚饭,老同学杨民强突然来电话:"侬晓得伐,王积毅今朝一早走脱了!"我真的反应不过来:"走脱了?离家出走了?还是出国了?""人都没有了,还出什么国呀!"电话那头有点气急败坏。我就呆在那里了。延安中学的老同学,三十几年的老朋友,暑假前还刚刚通过电话,说等天气风凉点要碰头的,怎么说没有就没有了呢?

电话里与民强约了一起去吊丧,他说还没有联系上宋怀强,要不然三人一块去最好。是啊,我们三人,再加上王积毅,正是当年延安中学"延波"壁报的主要"干将"。我取笔名"文风",王君取笔名"文华",算是双主笔,像煞有介事,写一些狗屁不通的文章——不过,那年头难道有狗屁通的文章吗？"两强"则是美编，下面还有抄手若干，一起干得热火朝天。现在每当路过延安西路"我们的"延安中学（今东延安中学），路过"炮楼"，总会朝里张张，好像一切就是昨天的事。即使在荒唐的岁月里，青春也一样是冒过烟的。可王君怎么说走就走了呢？这不是把我们共同的记忆撕掉了一只角，让我们的青春岁月从此残缺不全了吗？王积毅，你小子怎么可以这样呢？

昭化路的一切还是老样子。王夫人多少年未见了，一见居然还就认了出来，不过已是记忆中的她的阿姨版了——我也应该是她记忆中的我的爷叔版了吧？

答应了她去参加追悼会的，临出发却突然心情大恶，怕见据说已面目全非的王君，不想让他覆盖掉原来那个形象。

虽然变卦不去了，却又无心思做别的，便想为王君写点什么。待落笔才惭愧地发现，于他的近况竟然模糊得很。说是几十年的老同学，见面时的话题，其实却是一路远去的。先是谈论女朋友，后来女朋友成了妻子，妻子又生了孩子，接下来的话题，就全属了孩子了。细想起来，现在对于王君的虎子，似乎倒是比王君本人还要知悉的。无奈上网去搜搜，却又是吃了一惊，除了南京一个"冒名顶替"的家伙，王君竟然一条显示也没有！难道这就是

"沉默的大多数"的意思?那么且容我重操旧业,再写一篇文章,发不到"延波"壁报上去了,就发到中国最有影响力的晚报上去吧,这样王君就会在网上冒出来。

这是我一个人的纪念方式。

2008 年 9 月 17 日

(原载 2008 年 10 月 3 日《新民晚报》"夜光杯")

忆苦思甜

那年头流行"忆苦思甜"。听过无数次"忆苦思甜",印象较深的有以下二则。

有一老汉忆苦道,小时候做"小瘪三"(流浪儿),常因在今南京路一带的租界里随地大小便,而与"红头阿三"(印度巡捕,头带红巾,尊称"阿 Sir",沪语音变"阿三",故名)发生冲突。在租界里随地大小便,倘被红头阿三抓住,是要罚款的,"拆水(小便)三角,拆污(大便)五角"。他们便与红头阿三躲猫猫,斗智斗勇,尽量不给抓住,"拆一泡赚一泡"。有一次,还是被红头阿三捉牢了,但他义正词严地抗议道:"阿拉拆水拆污不拆在自家中国的地面,难道拆到倷(你们)外国去啊?!"

哄堂大笑,继而是热烈的掌声,传递着大家的敬意:多么痛快的抗争,多么雄辩的逻辑!多么高的阶级觉悟,多么火的爱国热情!

又一老汉忆苦道,临近年关,家中无粮,小把戏(小孩)没得饭吃,便去要饭。好不容易要到了一只馒头,却被地主家的恶狗抢吃了。他两手空空回到家里,小把戏问:"爹爹要到了什么?"他答:"要到了一只馒头。"小把戏问:"那么爹爹馒头呢?"他悲愤地答:"馒头,馒头,馒头把(被)狗吃脱罗!——打倒刘少奇!"

全场跟着振臂高呼:"打倒刘少奇!"

我也鼓掌而高呼了。

2011 年 1 月 31 日

挑　　粪

从小受到教育,对农民伯伯来说,粪是香的,因为它是肥料。

但后来"文革"中的经历,却颠覆了这番教育的效果。在我们这个小小的场办工厂里,如果有谁犯了错误,无论政治的经济的生活的,只要还不到"进去"的程度,就会被罚挑粪,把粪从厂区唯一的公共厕所,挑到数百米外的蔬菜田,时间从数周到数月不等。这件事的潜台词是,粪不是香的,而是臭的,尽管它仍然是肥料。

被罚挑粪的人着实不少,有打相打(打架)的,骚扰妇女的,偷鸡摸狗的,言行出格的……但当看到阿二也加入那个队伍时,大家还是吃了一惊。即使我们再有想象力,也无法把阿二与挑粪连在一起,因为无论从哪方面说,阿二都是一个循规蹈矩的职工。

事情终于弄清楚了,原来阿二偷藏了"黄书"!

阿二偷藏的"黄书",名叫《性心理学》,英国霭理士原著,中国潘光旦译注。负责侦破此案的头头说,不用看内容,光看书名,就知道那书有多"黄"了!

问题的严重性还在于,阿二自己偷藏也就罢了,他却还把那书扩散出去;一般扩散扩散也就算了,他却竟然把它扩散给了一个女工——这是什么意思?!

被头头叫去谈话时,阿二却一味嘴硬,说那书介绍的是科学知识,并不是通常意义上的"黄书",自己只不过是好奇罢了,那女工也不过好奇罢了。但他的申辩对头头不起作用,头头坚持说,这种好奇心是不正常的,是思想意识不健康的表现。

于是就罚阿二挑两周的粪,一周为偷藏,一周为扩散。进出厕所的人络绎不绝,大家都替阿二感到难为情。阿二自己却淡然的样子。

认为通过书本满足对性的好奇心是不正常的头头,后来自己却尝试通过实践满足对性的好奇心——厂区那个厕所的构造是这样的,地上以一堵墙分隔男女,地下的粪坑却是相通的。头头便用了一面小镜子,利用光学原理,去探索彼岸世界的奥秘,结果被隔壁的女工发现……

这下该论到头头挑粪了吧?大家揣测并期待着。然而却没有。也许是"刑不上大夫"的意思罢?

2009 年 4 月 24 日

(原载 2009 年 7 月 10 日《新民晚报》"夜光杯")

双眼皮的军长

那个年代崇拜军人,所以医务室的"赤脚医生"小曹,别人问她的嫁人理想时,她几乎不假思索地回答,要嫁一个"双眼皮的军长"。

工兵不用提了,不是排长、连长,不是营长、团长,甚至不是旅长、师长,而非得是军长!她怎么不说要嫁个司令呢?是留有余地的意思吗?她又不是地雷、炸弹,对付得了军长吗?

而且,军长就军长了,还要双眼皮的(那时孙红雷们还小,社会上流行双眼皮)!即使在邓小平百万大裁军前,我军"夯不浪当"(一共)才几个军?军长中双眼皮的又能占多少?

当然,我们明白小曹的意思,她讲究的是"才貌双全"。但具体落实到军长,还要双眼皮,这个难度也太大了吧?

难度大归大,君子成人之美,我们还是努力在心里为小曹勾勒这么一个"双眼皮的军长"的光辉、甜蜜、煽情的形象。但我们勾勒来勾勒去,仍然回避不了一个简单的事实——

和平年代,从工兵一路奋斗上去,奋斗到军长,那年纪一定已经不轻了吧?说不定已经是老头子了吧?

小曹却乐观得很,老头子是坚决不要的!我军雄师百万,军长里,个把年轻的总会有的,碰巧还是双眼皮的,那不就成了?

她大概是看多了那些靠造反起家,坐直升飞机乃至火箭升官的例子了。尤其是那个王洪文,不过三十八岁,就做到了中央副主席,军装一穿,直接进军委,比军长不晓得大多少。倒轧账的话,年纪轻轻的做军长,好像也不是不可能的。

我们却还是替她发愁,就算军长年纪轻,还是双眼皮的,但他就不会已婚吗?你总不能破坏军婚吧?退一万步说,碰巧他还是未婚的,但天下"女革命小将"(相当于现在的"女孩子")多了去了,何以就一定轮得到你呢?

小曹的逻辑倒也简单:何以就一定轮不到我呢?

……

那是三十多年前的事了。后来我考上大学离开了农场,与大多数同事失去了联系,也不知小曹的理想下文如何。

最近看《人间正道是沧桑》,忽然想到,如果小曹当年嫁了一个年轻有为的工兵,三十余载下来,工兵说不定还真熬成了军长!——不是说不想当军长的工兵不是好工兵吗?那么,小曹岂不是有志者事竟成,终于实现了自己的嫁人理想?

当然前提是,小曹当年必须认准了,那个工兵是双眼皮的,而不是孙红雷们那样的!

2009 年 7 月 28 日

(原载 2009 年 12 月 27 日《新民晚报》"夜光杯")

老 骨 头

对"老三届"来说,我们这些"文革"中入学、毕业的七几届的,实在不在他们眼里。因为"老三届",尤其是其中的高中生,尤其是重点高中的高才生,当初都是凭本事考进去,读过来的;哪像我们,不用考试,就近入学,整个中学阶段胡闹了四年,就号称相当于高中毕业,鬼才信呢!

相反,我们对"老三届"却敬重得很,尤其是对其中的能人,我们还尊称之为"老骨头",意思正面,接近上海人所谓的"老克勒"。

"老三届"中的老骨头果然厉害,无论在我当年工作的农场,还是后来恢复高考后上的大学,他们都俨然见多识广、德高望重的一群,令我肃然起敬,生高山景行之思。

在农场时,我隔壁寝室就有一个老骨头,上班之余,喜欢涂抹几笔俄罗斯画派的风景,诸如沙滩上搁浅着一艘双桅船,一条小路蜿蜒伸向白桦林深处,夕阳落进野花盛开的草原……每每看得我心潮起伏,有想哭的冲动,从而很想认识下蛋的母鸡,最好还能结拜一下。然而画家却不爱搭理人,路上偶遇,我做足了表情,他却只是一脸冷漠,顶多矜持地咧咧嘴角,一副拒人千里的姿态。对于这种热面孔贴冷屁股之事,我曾努力探究其原因,结果除了"届沟"以外,没有找到其他合理的解释。

当然,老骨头们的架子也不是都这么大的。但即使是和蔼可亲型的,不经意间流露出来的素养,也常让我们这些小字辈汗颜。比如"文革"结束后不久,恢复了外国交响乐的演奏,我也挤在小电视机前矮人观场,装蒜玩深沉,其实只听得各种乐器惊天动地地轰鸣,却全然不晓得一大帮人在捣鼓些什么。忽然发现,旁边那个和蔼可亲型老骨头,正在哼哼着交响乐的旋律,却又常常比电视里的快了半拍——那意思是他并不是跟着哼的,而是早就熟悉了那旋律的。你说,我们这"届沟"该有多宽,多深?

恢复高考的消息传来,大家都蠢蠢欲动起来。从理论上讲,老骨头们应该有绝对优势,但他们的态度却有点暧昧,有志在必得的,也有迟疑不决的。后者主要是面子问题,怕万一考不上丢脸。不像我们,从未好好读过书,一张白纸,没有包袱,一切从头开始,不懂是正常的,懂反而是异常的,怎么都不失面子。为了一起切磋琢磨功课,我的寝室里经常高朋满座。不过来的都是些小八腊子,做的又尽是些小儿科题目,老骨头们自然是不屑于加盟的。

但隔壁的那个画家老骨头,态度到底好像有所变化,见面也会主动咧嘴了。一天,我们正在高谈阔论,讨论马克思主义的三大来源,老骨头碰巧路过,忽然小心翼翼地插嘴道:"那个费尔巴哈是马克思的学生吧?"乍闻此言,我猛地打了个激灵,接下来的心情,就可以用"如释重负"来形容了。后来读到张岱的《夜航船》,知道古人表述为"且待小僧伸伸脚"。现在想来很不好意思,有点"小人得志"的味道了。

当然这只是偶然事件,一点不影响我对老骨头群体的敬意。这种敬意一直保持到大学里,甚至保持到现在。还记得大学里有个老骨头,瘦骨嶙峋,满脸抽象,走路常作低头沉思状。有天在福州路邂逅,问他最近忙些什么,答以"白相(玩)思想史"——要知道,当时可是"哲学史"的一统天下,我们读的多是各种名目的"哲学史",葛兆光也尚未写出他的《中国思想史》!这当然让我们嘘唏不已。由于一直不知道他的名字,所以后来我们说起他时,便都尊称他为"思想史"了。

2009 年 7 月 26 日

(原载 2010 年 1 月 20 日《新民晚报》"夜光杯")

一别三十年

时间并不像挂历,一本本叠起来,就成了人生,看得见摸得着。时间也不像日历,过去的日子一张张撕掉,撕下来的还能收藏起来。时间倒更像是电子显示屏,永远只显示一个现在时。过去的时间存在过,然而它显示不出来,除非你找到了连接过去的通道,比如"小玛德莱娜点心"之类。

我的"小玛德莱娜点心",是今年春节里的某一天,我极其偶然地,又来到了我曾经"生活与战斗过的地方",那个过去叫"星火农场",现在叫"星火开发区"的地方。我的单位是一家汽车齿轮厂,竟然还在,虽然早已换了主人。因为是过年,故厂门紧闭,只有值班的门房。经过耐心商量,我被破例允许进入厂区。眼前出现的,是我曾那么熟悉的一切:我工作过的车间,我住过的平房……空寂的厂区里的每一个角落,都曾有过我和同事们的身影。

在那一刻,我仿佛回到了三十年前,而那以后的三十年岁月,就像从来没有存在过一样。

但都去了哪里呢,我的那些同事们?你们现在都还好吗?

离开仿佛就是昨天的事。通过"文革"后的首次高考,我回城上大学。在提着行李上厂车时,我跟路上碰到的熟人告别;而许多人因为没有碰到,甚至连再见也没有说。当时只觉得离开是暂时的,不管怎么说,我可以随时回到这儿来。那天是1978年4月9日,之所以记得这么清楚,是因为巧得很,就在那三年前的同一天,我来到了农场,一天都不差。那是我自己的纪念日。

然而,一天天、一年年过去了,只是心里想着,却老也没有成行,直到今年春节里的这一天。虽然离开仿佛就是昨天的事,重来却相隔了整整三十年!"你说过两天来看我,一等就是一年多……"以前总觉得邓丽君这歌搞笑,现在想想,"一年多"又算得了什么!

多多少少的往事,我们随便放过去了,以为随时可以找回,以为可以"昨天再来"。但是就像《半生缘》里说的,我们其实再也回不去了。

  我们其实也不想回去。看着那些破旧的厂房,低矮的宿舍,我只感慨曾在其中生活过,却并不想让一切"昨天再来"。

  于是我明白,所谓的"怀旧",只有在回不去时,才是有意义的。

  我也明白了那以后三十年的意义,触摸到了那些存在过的时间,尽管它不是挂历也不是日历。

2009 年 2 月 7 日

(原载 2009 年 5 月 11 日《新民晚报》"夜光杯")

我看"高考1977"

看了电影《高考1977》后,我有一个遗憾:电影表现了许多围绕那场高考的外部的戏剧性冲突,却基本上没有表现考生们如何玩命地复习这一最关键的情节。

所谓"外行看热闹,内行看门道",1977年的那场高考,外部环境固然风云诡谲,但考生们所面临的最大挑战,其实还是自己的文化水平问题,以及极为严苛的录取率问题。

这两个问题,其实只是同一件事的不同侧面。那年全国参加高考的有五百七十万人(相当于现在一年的招生人数),录取的却只有区区二十七万人,录取率还不到百分之五;而且,这参加高考的五百七十万人,还只是整个十一年上亿中学毕业生的冰山一角！因而，从毛录取率来看，更是只有区区千分之二三！

所以，要想在这百里千里挑一的高考中脱颖而出，除了政策到位、排除外部干扰（像电影里所表现的那样）外，每个考生所面临的最大挑战，其实还是自己，也只有自己，即怎样在短短的几个月里，把自己从未学过的课程学会，把自己落下的所有课程补上，还要相对于别人更为出色。其竞争的激烈残酷程度，远非今日的高考所能比拟。

高考前的那段日子，在我所在农场，在全国各地，最典型的风景，就是那些决定参加高考的人，利用所有的业余时间（请注意，是"业余时间"），甚至吃饭、睡觉、做梦的时间，复习，复习，还是复习。这道风景，看上去与今天的高考差不多，其实在心情上是有天壤之别的。大概今日考生刻苦用功的劲头，加上彩民渴望中奖的疯狂，庶几可以形容当年考生的心态。那道紧闭了十一年的命运闸门突然洞开，每个人都想抓住机会拼命挤进去。大家都像吃了兴奋剂一样不知疲倦，看到所有复习资料都像见了亲爹娘，而全无今日许多考生常有的疲惫与无奈。那是一场持续数月之久的复习狂欢，注定要成为考生们人生的高潮，一生的财富。

这道风景，电影里却几乎没有表现。

而且,不参加高考的其实反而是大多数。他们或因为自觉文化程度太差,实在没有信心和能力参加一搏,或因为早早地在当地成了家立了业,有许多现实的生存问题需要考虑,或因为其他种种原因,而没有报名参加那场高考。在考生们玩命复习的时候,他们仍过着平静而单调的生活,却又在一旁流露着羡慕的眼神,透露出内心的不平静。他们旁观者清,圈点着考生们的表现,预测着考试的结果:某人癞蛤蟆想吃天鹅肉,某人考不上谁还考得上……他们的判断常常是惊人的准确,录取通知书按照他们的判断或送来或不送来……

他们,加上大部分没考上的,成了几年后雪崩般的回城大军;而他们的心,其实早在1977年,就跟着少数考上的幸运儿一起,回了城,回了家。

他们中的很多人后来成了"4050"。他们后来常常在高考考场外,拦汽车,阻交通,怕影响考场内的考生。那些考生是他们的儿女,正做着他们1977年没有做或没做成的事,有机会实现他们当年没实现或没敢做的梦。

这是我所看到的"高考1977"。

2009年7月17日

我 的 大 学

进入复旦已超过三十年,但"我的大学"不是复旦。

那是一所业已消失的学院,大专学历,学制两年,借址军工路水产学院校舍。而我两年都没耐心读完,就丢下它跑来了复旦。它没给过我任何证书,以致在外人看来,我那段经历仿佛纯属虚构,子虚乌有。

但它确实是存在过的。"文革"后恢复高考,十一年的考生云集考场,实在是录取不过来,本来没这所学院什么事,教育当局好意"举逸民",让它补录取了一批学生。我是有过上"曹大"(见《我的小学》)的愉快经历的,从小习惯了"不二不三"的学校,觉得有地方读书于愿足矣夫复何求;但那些老骨头们却既不领情又不买账,以为这种

"野路子"学院有辱他们的斯文。

但凭良心说,那是一个生机勃勃的好地方,又赶上了百废俱兴的好时代,回首往事,不开怀也难。

院方那个扬眉吐气呀!有头头义正词严、铁证如山地控诉,"文革"中有人贴大字报,说什么"文革"前培养的大学生,"一年土,二年洋,三年不认爹和娘",可本院学制从来没超过两年,学生哪有时间"三年不认爹和娘"?要有也是那些混账本科院校的事!呵呵,还从没见过这么清算"文革"的……

同学们那个意气风发呀!满校园都是指点江山、挥斥方遒的高人。有人知道高考作文题"知识就是力量"典出培根;有人把全套《中国文学史》手抄了一遍;有人在大会上用上海本地闲话发言,一句"情切切,意绵绵"酸翻了会场;有人豪情万丈,说终于跻身于中国前一百万名优秀人才行列;有人"白相(玩)思想史";有人把习作贴满教室,后来果然成了名作家……

老教师那个精神抖擞呀!有不痛饮酒就能如流倒背《离骚》的;有慷慨激昂、神采飞扬说"豆腐"(杜甫)的;有嘲笑学生以为《围城》是军事读物的;有小心翼翼问"萨特是什么东西"的;有说《瓦尔特保卫萨拉热窝》没什么了不起,只不过是"反法西斯加扑个凶(boxing,拳击)"的(但恕我没出息,至今还是逢播必看)……

年轻教师那个风华正茂呀!教马哲的小姑娘忽然蒸发了,说是被老骨头们折磨得神经衰弱,到龙华疗养去了;换上了一个小伙子,巨大的手掌翻来覆去,大段的《反杜林论》就背了出来,终于让老骨头们闭上了臭嘴……

好时代呀好时代,好地方呀好地方!但只念了一年,听过了以为尚可一听的课,就觉得无聊起来,想起了《藤野先生》里说的,"到别的地方去看看,如何呢",便忍情负心丢下它跑来了复旦。

后来听说,经过同学们的一再陈情,毕业文凭改发另一所"混账本科院校"的——典型的东家食而西家宿;学制也终于实际两年,号称三年,捣糨糊于大专本科之间,名义上已有条件不认爹娘。于是这所学院好像从未存在过,大家都做了忘恩负义薄幸人。也许在后人眼里,这所曾经"举逸民"的学院,也会纯属虚构,子虚乌有。

子虚乌有就子虚乌有吧,反正我们都会子虚乌有的。

2010 年 3 月 18 日

(原载 2014 年 5 月 6 日《新民晚报》"夜光杯")

花　　圈

乡下传来消息,祖母去世了。

那是三十年前,六月里的一天。学校还没放暑假,我要回乡奔丧,便去先生处告假。当时我留校不满两年,正忝任着先生的助手,先生像是我的老板,凡事跟他说就是了。

先生听了我的报告,默然良久,才发出一句话来:

"那么,你替我给你祖母送一只花圈。"

我愕然。先生与我祖母,风马牛不相及,完全无须如此的。告假告出一只花圈,为我始料所未及。继而又有点感动,知道先生心意是好的,遂唯唯答应。

到了乡下,走进老家的破屋,发现少了一扇门。原来,因为丧葬改革,土葬改为火葬,祖母生前没准备"寿器"（棺材），临事仓促，便卸下门板，让她躺在上面了。我看看门板上的祖母，跟生前也没什么两样，只是不会再去田头，手搭凉棚，眯眼张望，等我回乡了。

问村里借的小卡车来了，便把祖母连门板抬起来，放到小卡车的轿厢里，我们坐在两边的长凳上，一路颠簸着，朝火葬场哐当哐当驶去。每当经过小桥，婶婶便带着哭腔喊："娘啊，过桥了！"像是一种招魂仪式，又像是时下流行的"一路走好"。

到了火葬场，要跟祖母告别了，才突然想起先生的吩咐，便问工作人员，可否买一只花圈？工作人员看看躺在门板上的祖母，又看看零零落落的我们，表情怪怪的，似乎觉得花圈与这场面太不搭调，便吞吞吐吐地说买花圈很贵的，而且只用一小会儿也浪费，还不如花五元钱租一个。虽说让先生租花圈不免有失先生的体面，但想起先生在涨价潮中生活日益拮据，便不得已答应了。工作人员马上抬来了一只寒碜的小花圈，附带着两根白纸带和文房四宝，偷懒说不大会写字，要我自己写。无非"千古"、"敬挽"之类。

于是躺在门板上的祖母，身旁便有了一只花圈，一只现场唯一的花圈，一只大学教授送的花圈，送给她这个目不识丁、一辈子都不知"大学教授"为何物的乡下老太太，在四面透风的山亭里,形成了一幅怪异的图画,让我也觉得荒诞起来。祖母地下若有知,一定会连呼"罪过",怪我不识好歹,把先生的好意当福气,让她消受不起,折了她的冥寿。

也就不过一会儿工夫吧,祖母被送进去火化了。工作人员来收回花圈,好再租给或卖给别人,只把两根白纸带扯下来扔给了我。我看看上面写得歪歪扭扭的字,想起没听先生的话好好练字,便没好意思把它们收起来。于是这只先生送的花圈,只存在了不一会儿,也就从这世上彻底消失了。

回到城里,去见先生汇报,却没敢说花圈是租的,只含糊说花了五元。先生给了我钱,然后赞叹说到底乡下古风犹存,商家良心未泯,索价尚称公允云云。

又过了几年,先生也仙逝了。先生生荣死哀,自然花圈如云。我看着满堂灿烂辉煌的花圈,想起先生送给祖母的那只,祖母得到的唯一一只花圈,心里便有些酸楚,于是很想对先生说,别看先生得到的花圈多而且大,其实它们都不及先生送给我祖母的那只的。

2014年元日于巴黎郊外

(原载 2014 年 6 月 8 日《新民晚报》"夜光杯")

好为人师

总有学生好奇地问我,为什么做了教书匠?我的回答每次不同,生性自由散漫啦,没有别的本事啦,不慎误入歧途啦,想做红色蜡烛啦……大抵看我当时的心情,是打算教书育人,还是要误人子弟。如果学生们凑在一起,想要拼凑出一个"标准答案",那就会牛头不对马嘴,完全碰不到一块,于是就会知道什么叫"盲人摸象",什么叫"历史是个任人打扮的小姑娘"……

最近的一次问答,发生在日本某大学,因考虑到国际影响,我的回答比较正面:"想合法地在工作时间读书。"但看诸生的表情,分明由好奇转为同情,甚至还有转为怜悯的。原来他们都视读书为畏途,宁可在读书时间打工的。

某日午夜梦回，自问同样的问题，答案出来，却把自己吓了一跳——原来是"好为人师"！

这是因为记起了小时候的一件事。那时大概还在读小学吧，暑假回到乡下老家，镇日无所事事，不知如何打发时间。隔壁有个同龄小男生，我学鲁迅叫他"闰土"，为暑假作业苦恼。尤其是其中的算术，老是吃不准对错，便让我替他看一下。我一看，不得了，不仅答案错得离谱，而且式子也是乱的，根本就不标准，字也写得像蟹爬。于是趁"闰土"出门，我就替他改，改到后来，简直改不胜改，便一不做，二不休，索性替他全部重做了。看着整洁的卷子，正确的答案，我想应该可以敲他几只田鸡吃吃的。不料"闰土"回来一看，脸色大变，竟哭了起来。然后一边哭，一边用橡皮擦，把我做的全部擦掉，又把他那乱七八糟的写了上去。我碰了一鼻子灰，那个灰溜溜呀！

后来我才明白，我是好心办坏事。他这个样子交上去，一看就不是自己做的，甚至不是他老师教的，非受罚不可，那可是比做错还厉害的。从此我也懂了，不是任何助人都能为乐的。

——可惜美国人至今不懂这个道理，向世界各地输出美式民主，吃力不讨好，还在犯我小时候犯的错误。

"好为人师"也是会遗传的。当阿南告诉我,每逢同学问他题目,他就会兴奋起来,本来做不出的题目,也能容易地做出来时,我就知道,他也遗传了我的这一缺点。不过事情总有两面,这一缺点,却曾帮过他的大忙。高考前有一阵子,每逢摸底模拟考试之类,他总有一二难题做不出来,学习成绩一直徘徊不前,却苦于找不到解决良方。想起他也"好为人师",我忽然灵机一动,建议他考试时再遇到此类题目,不妨想象自己是在帮同学解题。他后来试了一下,果然都做出来了,问题遂迎刃而解。看来,"好为人师"也有积极的一面。

　　我想,这个答案只面对自己,应该比较靠得住吧?唉,人家是"但开风气不为师",所以纷纷成了"大师";我却开不了风气,但"好为人师",结果只做了"老师"。

　　当然,做老师也挺好的。我满意我的选择。

2010 年 8 月 6 日

（原载 2011 年 6 月 12 日《新民晚报》"夜光杯"）

大　师

饭局上胡吹乱侃的话题,有如意识流般随性流动,又似蒙太奇般恣意跳跃,有时候却是不能连起来听的;一不小心连起来听了,结果很可能让人啼笑皆非。

那天,有幸与几位学界高人同席,照例八卦各种流行话题。一来二去,就说到了大师,或不屑或艳羡或自诩之余,举座达成共识:大师的出现有其必然性,因为社会确实有此需求。日常生活无聊单调,各路大师一出山,壮观神州,增添豪杰气象,给新闻界猛料,让老百姓仰慕……

老李在这里接过了话头:要说让老百姓仰慕,我们村里的那几个能人才叫厉害。有一人,能一口气吃掉一扁担西瓜——把扁担横在地上,把西瓜排成与扁担等长,他能一口气吃掉！还有一人，能一口气连放十几个响屁，声震全村！——你们别笑，我亲耳听到过的。还有一人……他们在村里可受尊敬了，说话一言九鼎……

在下在这里思想开起了小差。关于大师的话题言犹在耳，又乍听到老李精彩的讲述，一连起来，感觉怎么那么地别扭……

（附记：后来在亨利·米勒的《北回归线》里读到，"我"被派去第戎某公立高中做英语交换教师，"我"的法国同事中有个叫克罗的人，"他能一连放十三个屁，这个记录至今尚无人打破"——老李村里的那个放屁能人，看来与那个法国佬有得一拼，或许竟已打破了他的记录？）

2009 年 5 月 12 日

（原载 2010 年 9 月 3 日《新民晚报》"夜光杯"）

学 生 她 娘

学生是好学生,因为她娘教子有方。

学生打电话来问,我几时会去学校,她有事找我签字。我齉着鼻头说,本来是要去的,可不巧感冒了,近几天没法去。学生在那头失望,说了声"咯么再会",便"啪"地挂了电话。又不是我要打电话的,也没指望过谁来慰问,但还是有点小小的失落,想现在的学生是怎么了,当场听老师说生病,就好比被抓了个现行,却连句客套话也不会说?哪怕口是心非也好啊?电话铃却又响了,还是学生打来的,问我感冒厉不厉害,板蓝根之类吃了伐?要多休息保重哦,口气交关恳切。我有点匪夷所思,便问刚才怎么不说,现在哪根筋搭牢了?学生倒也老实:"阿拉娘在边上,怪吾不懂礼貌,要吾再打电话,吾也呒啥办法。"噢,懂了,学生还是那个学生,学生她娘却是孟母,这样学生还有指望。

学生本来不要读书的,一时工作没有着落,勉从虎穴暂栖身,到我这里来卧薪尝胆,等待机会东山再起,卷土重来。不过,读着读着就投入起来,越读越让人刮目相看,最后硕论写得像博论。至于良性变化的原因,从她开口闭口"阿拉娘讲",也是可以明白一斑的。但凡学生读书的事,学生她娘当仁不让,事必躬亲,没有觉得累的时候。比如我一说让学生读什么书,学生她娘立马就会去办来,不惜重金,不讲版本,以致学生常怪她娘乱花钱。

对学生的读书,学生她娘一般起积极作用,但有时也难免用力过猛。比方说,上小课时,学生的手机老响,一响学生就接,一接就气急败坏:"吾晓得了,侬讲的道理吾懂咯……吾在上课呀,侬等一歇再打来好伐啦?侬覅影响阿拉上课呀……"电话那头嗓门很大,大家面面相觑,心照不宣,晓得又是她娘,在那里不放心,指点江山来了。但碰巧也有帮得上忙的时候。一天,学生答不上一个问题,正愁眉苦脸着,她娘恰巧又来电话,学生便迁怒于她:"侬哪能介烦啦,我现在有多少紧张,侬晓得伐……"忽然学生不作声了,接着眉头舒展开来。挂了电话讪讪道,侬讲怪伐,这个问题吾不晓得,阿拉娘倒晓得咯!

这种情况出现了不止一次。于是我便郑重建议学生道,你还不如换你娘来读书呢!学生连连点头,说是呀是呀,阿拉娘老欢喜读书咯,"文革"中呒啥机会,现在吾读书,伊比吾还要起劲,巴不得跟吾一道来上课。可惜伊年龄已经过期,不好考了……

我听了受教育,也感动,觉得应该见贤思齐,想起自己也有个小人,在别的老师那里读书,我向来不大过问的,便打伊手机,想表示一下关心。那头传来压低了的声音,听得出有点不耐烦:"现在吾在上课呀,大道理回去再讲好伐啦……"

(附记:"学生"也者,海上闻人"指间沙"是也。)

2011年2月16日

(原载2011年11月25日《新民晚报》"夜光杯")

似 是 而 非

从前听过一则笑话。伯乐办了一个"相马大师班",专门传授识别千里马的方法。其诀窍之一是,马腿要粗壮有力,与马身之比越大越好。于是有高足活学活用,果然找来了不少千里马。伯乐一看,气得昏过去——高足找来的都是青蛙!高足却纳闷:其腿身之比不是极为出色吗?

当时就感叹,伯乐会相马,却不会上课,大概只是空口说白话,连幅教学挂图也没有,以致误人子弟,犯下如此低级错误。这真是:羊不叫,父之过;马非马,师之惰!

换了人间。如今进入了读图时代,什么都可以用图画来显示,连书籍也是图多字少了。伯乐要再办班开课,完全可用PPT(幻灯片);若出《相马宝典》,自然也是彩图本。

但过于迷信读图,同样会有麻烦的。

搔背的"不求人",文雅的说法叫"如意",日语里叫"孙子的手"(まごのて,其实是"麻姑的手","似倩麻姑痒处搔"是也,日语里"麻姑"、"孙子"发音一样,都是"まご",一般人不大晓得"麻姑",就误听成"孙子"了),在我家里却叫"锄头"。其来历是这样的:我曾经拿了一把"不求人",考阿南这个叫什么,他不假思索地回答:"锄头!"——读图时代,就个体而言,大都始于"看图识字",阿南曾经在那种卡片上,看到过形状类似的东西,那上面写着"锄头"呢!

后来,阿南迷上了地图,遂从一般的看图识字,进化为看地图识字。他常常趴在地图上,一看老半天,念叨着各种地名,认识了不少字。

一天,他在我书桌旁捣乱,翻着一本《古诗台历》,念念有词,卖样(显摆)他识字多,学问好。忽然,他的嘴里蹦出了"缅甸",让我不由得吃了一惊,因为我已翻过那本台历,不记得里头出现过缅甸。他见我疑惑,就指给我看,我一看,也像伯乐一样昏过去——原来是"绝句"!是杜甫的诗,标题就叫《绝句》。我把"绝句"那厮仔细端详了一番,发现它与"缅甸"果然长得很像,比千里马与青蛙的相像度高多了!

于是在我家里,又管"绝句"叫"缅甸",还有"五缅"、"七缅"……

说起看地图,阿南有个高中同学,路数更绝。为了熟悉世界地图,记住各种地名,他想出了一个怪招:他在世界地图最西边的葡萄牙,组建了一支远征军,一路往东攻打。大军所到之处,山脉、河流、城镇……都记得滚瓜烂熟。但打到中国边境时,他却犹豫了,因为中国是他的祖国呀,他能攻打亲爱的祖国吗?于是,大军就兵分两路,北路绕道西伯利亚,南路绕道东南亚,继续往东征服,一直打到美洲……他高考选考地理,结果,世界地理部分几乎满分,中国地理部分全军覆没!

——他忘了"东征"的初衷!

2009年8月4日

(原载2010年6月27日《新民晚报》"夜光杯")

修　　碗

对于阿南来说,我是万能修理匠。笔写不出字了,我甩两下,又能写了;本子散页了,我用胶水一粘,又能用了;童车龙头歪了,我扳一下,又能骑了……我想,在他心里,我无所不能,天崩了,我会顶,地裂了,我会补……我享受这种被崇拜的感觉。

然而有一天,他打破了一个碗,不仅没有丝毫害怕或歉疚,反而指着一地碎片,理直气壮地说:"爸爸修!"在那一刻,我终于觉得自己只是个普通人了。

碗并不是一定不能修的,小时候我就见过修碗的。那时候乡下不轻易买新碗,如果只是一摔两瓣,或者扳坏了一片,只要不是"粉碎性骨折",都会请修碗匠把它修好。修好的碗,沿缝一排"钉书钉",不渗不漏,功能如初。修碗好看,修碗匠聚精会神,"自顾自顾自顾自",一修老半天;我聚精会神,"自顾自顾自顾自",一看老半天。

可是,现在早已不是修碗的时代了;再说,我也从未习过修碗的手艺。我想对阿南解释,我其实不是万能的,可还没等我开口,他就已经摇摆着走开了。于是我明白,那句"爸爸修"不是商量,更不是乞求,而是信任与命令,容不得讨价还价的。我当然不能辜负了,于是就乘他不注意,把碎片悄悄地扔了。

以后每次都是这样。好在,对于修理的结果,他并不放在心上。

后来,渐渐地他不打破碗了。又后来,不打破碗的日子也久了。那天,我们边喝着咖啡,边像朋友一样聊天。我忽然想起了修碗的事,就问他还记不记得。他说当然记得。我得意地取笑他:"你小时候也忒戆了,还当我真的会修碗!"

不料他却诧异了:"怎么,碗不是爸爸修好的么?"

这下轮到我诧异了:"怎么,你到现在还以为我会修碗啊?"

"家里碗不是都没少吗?"

"就不能买新的?"

"那么,那些碎片呢?"

"乘你不注意,我转身就扔了。"

他愣了愣,然后笑了:"原来如此。我还一直以为家里的碗都是爸爸修好的呢!"

那一刻,我若有所失。我想,他小时候的这些记忆,一直尘封在某个角落里,从未被"反思"过;而此刻,我把它们抖落了出来,让他看到了事情的真相。这样,在他心里,一个伟大的修碗匠的形象,一定已在瞬间轰然倒塌,就像神甫和上帝在亚瑟心里那样。

但我安慰自己说,这是"必须的"。在送路易十六上断头台时,罗伯斯比尔不是说了吗:"路易应该死,因为祖国需要生!"

2009年6月5日

(原载2010年4月16日《新民晚报》"夜光杯")

攘　羊

《论语·子路》记载:"叶公语孔子曰:'吾党有直躬者,其父攘羊,而子证之。'孔子曰:'吾党之直者异于是,父为子隐,子为父隐,直在其中矣。'"——叶公对孔子说,阿拉党里有正直的党员,老子偷羊,儿子揭发。孔子说,阿拉党里正直的党员却不是这样的,老子包庇儿子,儿子包庇老子,正直就蕴含在其中了。

我小时候,因为对我老子有诸多不满,又恰逢"斗私批修"的年代,所以倾向于支持叶公党;等后来自己有了儿子,就觉得叶公党太可恶,反是孔子党比较可爱,其做法更合乎我心目中父子关系的理想。

但阿南是否也这么想,我却没有把握。平日里我得罪他的地方正不少,他会不会也像小时候的我一样,站在叶公党一边呢?

为了考验他,我就把这个故事讲给他听,并让他选择,如果我去"攘羊",他会"证"(揭发)呢,还是"隐"(包庇)呢?

说实话,我心里忐忑不安,既怕他的选择于我不利,又担心他说话言不由衷。而对他来说,无论怎么回答,"后果"都比较严重,或者是"大义灭亲",或者是"是非不分"。

他思忖片刻,忽然冒出了一句:"我不会让爸爸去攘羊的!"

"此话怎讲?"

"我会给爸爸买羊的。爸爸不会去攘羊的。"

我如释重负,又喜出望外,看来他是小人不计大人过,比小时候的我气量大多了;而且,他轻易地找到了"第三扇门",摆脱了道德上的两难处境,既不必大义灭亲,也不必是非不分。

我感动之余,就跟他解释,"攘羊"只是表象,背后的原因很复杂,也许是心里孤独,也许是手头拮据,也许是暴力倾向,也许是儿子顽劣……他连连点头,表示深度理解,严重同意。

但后来,事情走向了反面,我抓住最后那条,开始滥用权力。"攮羊"成了我的筹码,我对他有什么非分之求,比如下棋时悔棋,打扑克时耍赖……他如有不乐之意,我就会吓唬他:"攮羊去罗!攮羊去罗!"于是他赶紧让步,要什么给什么。

但有件事,怕吓着他,一直没敢说:其实感觉"攮羊"蛮神气的,有时还真不免有点神往……

那就先惦记着吧。只惦记,不攮。

2009 年 6 月 6 日

(原载 2010 年 11 月 25 日《新民晚报》"夜光杯")

三 国 迷

阿南从小是"三国迷",但凡与"三国"有关的一切,小说,戏曲,电视剧,乃至《三国志》,他都极感兴趣。因入戏太深,故趣事也多。

一日,电视剧正播到"火烧赤壁",但见曹操在一艘大船上,操弄着一件兵器,很苍凉地吟诵着:"月明星稀,乌鹊南飞……"阿南看了,不禁诧异道:"这诗怎么是曹操写的呢?明明是横槊……"说着,便去翻出一枚邮票,上画一汉子,也持兵器,也作吟诗状,嘴里吐出一圈,圈里写着:"月明星稀,乌鹊南飞……"邮票的标题是——"横槊赋诗"!

关公刮骨疗毒,铮铮铁汉,让阿南极为佩服。有一次他感冒发烧,既要打退烧针,又要打消炎针,两针并打,虽内心害怕,却学关公,并不露怯,只弱弱地求护士:"两针不要打在同一只洞眼里哦。"护士小姐也逗,嘿嘿冷笑一声:"吾要有本事打得介准,老早就参加解放军去了!"

因为读书光线不当,阿南患上了近视,配了一副眼镜。他初次戴上眼镜,对着镜子左盼右顾,便嚎啕大哭起来,边哭边诉:"刘备戴眼镜吗?孙权戴眼镜吗?鲁肃戴眼镜吗?张飞戴眼镜吗?……三国里有人戴眼镜吗?我为什么要戴眼镜呢?"我只得硬着头皮解释,其实三国里的人也近视的,只是当时还没有眼镜,所以他们都不戴,有的话也会戴的。他这才半信半疑,稍稍止哭。后来我们每每说起,三国里的人戴着眼镜打仗,一边舞枪弄棒,一边扶扶眼镜,大家就忍不住要笑。

阿南读了《三国志》才知道,张飞鞭打督邮,其实不是他打的,而是刘备打的;火烧博望坡的,其实不是诸葛亮,而是刘备……又有许多故事情节,或移花接木,或张冠李戴,或无中生有……视三国故事为信史的阿南,顿生幻灭之感,伤心不已,又嚎啕大哭起来,且夹叙夹议:"唉,都是假的!唉,都是假的!唉,张飞鞭打督邮是假的!唉,诸葛亮火烧博望坡是假的……唉,什么都是假的!唉,还有什么是真的!唉,唉,唉……"

唉……三国故事，大概就是这么一代又一代，进入孩子们的心灵，留在中国人的心底，历经千年而传承下来的吧？

2013年11月24日于巴黎郊外
（原载2014年11月21日《新民晚报》"夜光杯"）

太 黑 字 说

"太黑"也者,阿南之字也,为彼幼时所自拟。

阿南自幼喜读唐诗,彼时之远大理想,即为长大后成一"唐朝诗人"。唐诗中,阿南尤爱李白之诗,并慕李白之为人行事,知李白字太白,乃则而效之,自字太黑。且以为太白面黑,而字太白;己面白,而字太黑,千古绝对也!于是大乐,手之舞之,足之蹈之,逢人说之,遇事署之。

尔后阿南知识渐开,知"太白"之典,源出于太白金星入白母怀,而与面之黑白无涉,且别无"太黑"之星也(未来则抑或有之),乃茫茫然若有所失焉。然自字既久,习惯成自然,日久生真情,亦雅不欲弃之。遂别求新解,以自圆其说。

余试为说焉。阿南之名,沪语发音近"朝南"也。朝南则向日,向日则多承日照。太白诗云:"日照香炉生紫烟。"日照香炉,且生紫烟,则日照人面,焉得不黑?照之既久,焉得不太黑?则"太黑"之字,与阿南之名,相辅相成,配合无间也。

又,此名字配合之新解,既得之于太白之诗,则于阿南爱慕太白之初衷,亦不甚违也。且阿南不日将游学欧陆,广学西文,既类太白之遨游天下,而又远之,又似太白之通晓蛮语(见话本《李谪仙醉草吓蛮书》),而又夥之。是青出于蓝,冰寒于水,踵事增华,变本加厉,诚真学真类太白者也。"江山代有才人出,各领风骚数百年。"太白之后,神州久矣无人,太黑其勉旃!

今日乃阿南 N 周岁初度。古人云:"君子赠人以言。"又曰:"秀才人情半张纸。"余试作此字说,以为贺焉,且以壮行焉。胡言乱语,愚者一得,不知阿南以为然否?

2009 年 4 月 25 日

(原载 2014 年 4 月 10 日《新民晚报》"夜光杯")

阿南留学前记

阿南要去法国的斯特拉斯堡留学,一家门开始关心当地形势。

"名不正则言不顺",名太长好像言也不顺,所以阿南爷先简化地名,把斯特拉斯堡简化成"斯堡",沪语发音近"书包",图个吉利,名正言顺。

阿南娘负责看电视。二十国领导人在斯堡开会,斯堡的大学生反对,上马路游行示威,跟防暴警察打起来。大学生凶是凶得来,防暴警察也打不过。阿南娘担心起来,眼圈开始红镶边,阿拉阿南模子(个子)小,去斯堡读书,不要被外国人欺侮。阿南不以为然,现在的世界,靠脑子不靠模子,去斯堡是读书的,又不是去掼摔跤的,只要书读得好,外国人也买账的,模子小点又吓啥?

阿南爷负责研究导游手册。看见上头写:"作为自行车大城之一,斯特拉斯堡在自行车交通规划方面所做出的成绩是全欧洲最棒的。该城市的自行车行驶道纵横交错,并且还在不断扩充,形成了一张由'双轮'小路和通道所组成的自行车道路网。"便建议阿南去了踏脚踏车,既便当,也省车钱。阿南自信不足,怕自己车技差,不当心撞到人家,把人家撞伤了,赔也赔不起。阿南爷呵呵笑伊,侬模子介小,连人带车,也不一定撞得过人家,可能人家没撞倒,侬自家倒弹脱了。

阿南爷继续研究导游手册。看见上头又写:"斯特拉斯堡的居民老实本分,工作努力,每天的作息很有规律……与法国其他一些大城市的居民相比,斯特拉斯堡人的夜生活可能没那么丰富,他们在晚上会选择早早地上床睡觉。"便对阿南娘讲,侬看侬看,斯堡老百姓介老实,夜里门也不出的,哪能可能欺侮阿拉阿南?迪记(这下)侬可以放心了伐?转身又关照阿南,侬去了代表中国,不好欺侮当地人咯,阿拉以德报怨,不学八国联军的坏样子。阿南诺诺,唯唯。

阿南娘继续看电视。听世界各地天气预报,听来听去听不到斯堡的,怪节目不灵。阿南爷讲,侬哪能介笨,先听听巴黎的,再听听法兰克福的,加起来,除以两,不就是斯堡的天气了么?于是阿南娘一边听一边算法算法,不过实在有点算夭不清爽,问阿南爷:"一边天好一边落雨哪能算法?"阿南爷答:"大概晴到多云,有时阴,局部地区有雨,雨量小到大……"

阿南忙着上网,寻自己的宿舍,一寻就寻着了,在一条河浜边上。阿南爷问,是啥河浜?阿南讲,可能是莱茵河,对面就是德国。阿南娘一听就急了,不灵不灵,河浜边上不灵咯,发起大水来,逃也逃不脱,再讲容易坍塌,侬看莲花河畔……阿南爷添油加醋,是啊是啊,莱茵河发大水,法国不发德国发,德国不发法国发,概率增加一倍……调调调,调一爿宿舍……

一家门闹猛得来!

2009 年 7 月 14 日

(原载 2013 年 7 月 29 日《新民晚报》"夜光杯")

樱花的另一面

自从黄遵宪写《樱花歌》以来,国人但凡写日本观感,几乎必定会写到樱花(或者再加上乌鸦);写樱花呢,又必定会写到"樱花雨",有时还会流露一些生命无常的感伤,好像花与人都很脆弱的样子。

本来也想走这个套路的,却偶然发现了樱花的另一面,于是就改了主意。

这个樱花的另一面,不是赏花赏来的,而是种花种来的。

我家有个十来平方米的小园,刚搬来的时候,我也想附庸风雅,搞一点"采菊东篱"之类的意境,于是就杂七杂八种了些花木,其中就有樱花,此外还有腊梅、海棠、石榴、桂花之类。图便宜,买的都是小树,细细的树干,一人多高。等距离分布,掘个坑,撒点肥料,浇点水,就种下了。运气好,都活了。

当年春天,都没开花;到了冬天,腊梅先开了;来年春天,海棠开了;夏天,石榴开了;秋天,桂花开了……樱花姗姗来迟,直等到第三年春天,才终于也开了!

于是,一年四季,小园里此起彼伏,总有一些花开着谢着。其中最闹猛的,自然还数樱花,开得灿烂,谢得决绝。到了"樱花雨"的时候,小园里纷纷洒洒,花瓣狼藉,果然很有些脆弱、感伤的意思,就像被写滥了的那样。

日子一天天过去了,渐渐地觉得哪儿有些不对劲:小园好像不复我当初安排的样子,布局似乎被偷偷改篡过了。有一天我终于明白过来:樱花已经一树独秀,大得不成比例了!

当初我买花木的时候,它们都差不多大小;而现在,其他花木都生长缓慢,樱花却像疯长一般,占据了小园的主要空间。在它边上的海棠,树干仍是细细的一握,还比不上樱花的枝条;它另一边的桂花呢,完全被樱花的庞大树冠所笼罩,近年来终于不怎么开花了。地下,樱花的根就像游龙一样,到处蜿蜒伸展开去,还很嚣张地暴出地面,使我养的小草枯萎,最后只剩了野草……于是我们暗暗担心,听说树根的力量,是足以掀翻房屋的;那么将来,不是我们彻底伐了樱花,就是我们自己落荒而逃?

虽然,每年秋天都请了工人来修剪樱花,前年秋天更是修剪得只剩了树干,但来年春夏,它必定长得加倍茂盛,加倍猖獗!

I服了U!原来,你那貌似脆弱、让人感伤的樱花雨,都是你的假象;你那旺盛的生命力和霸道的扩张力,才是你的真容!

不过,这也许也怪不得樱花。"物竞天择,适者生存",樱花要生存,要发展,又有什么错?如果种在野外,岂不更适合它的天性?责任在我自己,不该把它引进小园,与其他花木种在一起,破坏了小园里的生态平衡。

樱花的这个另一面,似乎还没有人写过。我们就事论事,绝无影射之意噢。

2009年7月17日

(原载2010年3月16日《新民晚报》"夜光杯")

小酒馆之夜

那晚,我们是在午夜时分走进一家小酒馆的。十几平方米的店堂,中间是一条过道,两边的榻榻米上,各有三张低矮的桌子,宛如我国北方的炕桌。门角落上方,挂着一架电视机,荧屏冲着柜台方向,整个店堂都看得见,我知道,那是唱卡拉 OK 用的。

客人很少。老板和老板娘热情地迎上来,嘴里滚出一长串寒暄的词儿。他们的颈上和腕上都垂着粗重的金链条,一如国内发了财的个体户老板们,显出一种健康满足而稍显粗俗的市民气息。

小酒馆的料理相当便宜,虽然量也不是很多。不过客人们来这儿,主要是为了喝酒。清冽的日本酒,装在小花瓶似的酒壶里,烫得暖暖地端上来,倒进小酒盅,喝上一口,可真是舒服。随着酒精渐渐地发挥作用,客人们身上的寒气,还有脸上的拘谨,都开始渐渐褪去。

与喝酒一样重要的,是唱歌。我觉得日本人都很会唱歌,尤其是在小酒馆里唱,更是洋溢着浓郁的人情味。一人唱歌,大家都会为他打拍子,拍手喝彩。这样你来我往,几首歌下来,彼此都熟了,像老朋友似地互相敬起酒来,气氛变得活跃亲切了。

柜台前的一对青年男女,点了一首两重唱,男唱女随,相当协调。待他们转过身子,我们才发现那个女的居然还挺着一个大肚子。其他客人一边鼓掌打节拍,一边伺空和他们开玩笑。

邻桌的几位特别好闹,故意唱得荒腔走板的,不时爆发出哄堂大笑。那位哄笑得最起劲的,听说是个"社长"(老板或总经理)。在日本,社长大都是很有钱的人,我们都恭喜他发更大的财。

墙上挂钟已指向凌晨一点,客人们却还是兴致勃勃的,一点都没有要走的意思;老板和老板娘也仍是笑容可掬,没有丝毫的倦意。有时客人斟满酒杯,请老板夫妇喝酒,他们总是笑眯眯地接受,喝完后便连声道谢。

终于,那个被称为"财主"的社长,摇摇晃晃地独自先走了。我羡慕地说,那位社长可真有钱。不料旁边的一位长叹一声,说这个社长刚破产,心里难过,才请他们陪伴来喝酒的。我想起刚才社长兴高采烈的样儿,怔怔地怎么也转不过弯来。

那对青年男女也要走了。经过我们桌旁时,那男的忽然开口说,他老婆马上要生孩子了,希望我们每个人都摸一下她的肚子,说是这样能保佑母子平安。而这时,他老婆就像一只骄傲的母鸡,把硕大无朋的肚子挺得格外神气,微笑着等待客人们的抚摸。于是我们挨个儿虔诚地摸了摸她的肚子,嘴里还捎带出几句吉利的话。做丈夫的则在一旁连连鞠躬道谢,还诚恳地邀请所有在座的客人,等孩子出生后到他家去喝喜酒。他一再对每个人点头致意:"一定要来,一定要来!"然后心满意足地扶着硕大无朋的妻子踽踽离去。

我问朋友,是否真的会去?他笑笑解释道,这只是日本式的客套,其实彼此根本不认识,况且那人也没有留下地址。

善良的人们,即便萍水相逢,也依然珍惜瞬间的暖意。

1992 年初

(原载《青年社交》1992 年第 2 期)

相 马 君

相马君是我教过的日本诸生之一,大阪府人氏。他的中文不知哪里学来的,古今杂糅,和汉混淆,常让我有时空错乱的感觉。

第一堂课,让学生自我介绍,轮到他了,他爽快地站起来:"我免贵姓相马,小名……",我说你等等,我又没问你"贵姓","免贵"就不必了吧?还有,名就名了,"小名"就免了吧?他大度地笑笑,不跟我计较:"这是谦语。"

要下课了,我问大家还有什么问题,他奋勇举手:"我有问题!请问老师 bǎodì 哪里啊?"我没听明白:"bǎodì?什么 bǎodì?"他走上讲台,在黑板上一笔一画写出来:"宝,地。"我回答:"免宝,上海。"他作熟悉状:"上海,好,好!"我问:"哪里好?"我以为他会说"上海万博(世博)",不料他却回答:"七浦路,七浦路好!东西便宜。"

从此,我们就算认识了。他的打扮有点诡异,染发,画眉,戴耳环,黑西装,花领带,脚蹬运动鞋,手拎公文包(估计都是七浦路买的)……猛一看像个阿飞。倘在校园里相遇,他会热情地打招呼:"老师吃过了吗?""老师吃饱了吗?""老师现在上班去吗?""老师现在下班了吗?"有时他跟朋友在一起,便会主动向我介绍:"老师,这是我的一个同志。"

他总是开开心心的,但偶尔也会不开心。有一次,我看他垂头丧气的,便问出了什么事。他嘟哝道:"倒霉,自行车让公安撤去了。""撤去"是"拖走"的意思,日本街头有些地方禁止"驻轮"(停自行车),乱"驻轮"的话就会被强行"撤去"。我的自行车也曾被贴过"警告",要我停到附近收费的"驻轮场"去。我满怀同情地看着他:"去赎回来吧?"他摇摇头:"赎金要三千(日圆)呢,我的车不值三千的,算了,不要了,让公安处分(处理)掉吧,我再买辆中古车(旧车)。"我忽然想起什么:"你刚才说'公安'?"他说:"就是警察呀,你们不是说公安的吗?"噢,倒也是的。不过,下次我要教他说"城管"。

上课学朱自清的《背影》,期中考试要求写作文,题目是"我的父亲"。写完了,让大家上讲台"发表"(念作文)。轮到他了,往讲台上一站,大家就笑起来。他也不介意,扯着嗓子念:"我家是伯乐的后代。我的父亲身体很强壮,脸色黑黑的,看上去凶恶的样子,像个黑社会",怕大家不懂,"——就是暴力团",大家笑得更厉害了,他也念得更起劲了:"但他心肠却很软的。我做错了什么,他就会狠狠揍我。每次他揍我时,我都替他难过。父亲一定爱儿子的吧,他揍我的时候,他心里该有多痛苦呀!我不过是眼睛里流眼泪,他可是心里头流眼泪呀!所以我要好好学习,不让他揍我,这样他心里就会幸福了……"

"老师,老师,我发表完了。"——原来我听得走神了。

课后,他很得意地对我说:"怎么样,老师教的我都学会了吧?"我说:"是的是的,欲扬先抑,你都学会了。"他忽然又虚心起来:"老师,你说我是写父亲像'黑社会'好呢,还是写他像'黑社会性质'好?"我苦笑笑:"随意随意!"

2010年8月6日

(原载2011年1月21日《新民晚报》"夜光杯")

父亲学日语

年轻时,有一阵子,我着迷于学日语,向往着学会日语后的种种好处:看日剧,听演歌,读推理小说,去各处旅行……

看到我那着迷的样子,父亲像是想起了什么,有一次忽然对我说:"我从前也学过日语的。"脸上露出遥远的表情。

父亲竟然也学过日语?这让我有点匪夷所思。因为在我的印象中,父亲是一个与外语无缘的人。爷爷走得早,父亲只读到初中,便不得不辍学谋生,到工厂里去做工,后来入党提干,直到退休,并无机会继续上学,更不用说外语学校了,他怎么可能也学过日语?

"不过一点都没有学会。"父亲大概怕我考他，赶紧声明道。

"你什么时候学的日语？我怎么从来就不知道？"

"那是在初中里。日本鬼子来了，发了日语课本，强制我们学的。"

"那你怎么一点都没有学会？"我纳闷不解。父亲从小读书成绩好，同村的同学成绩不好，于是受到了家长的责骂，骂起来总是"看人家全大如何如何"，嫉妒的同学把他推进河里，差点淹死……

"因为我们不愿意学啊！在学校里，日本鬼子常要来检查。只要一听到鬼子来了，先生就叫我们把日语课本放在课桌上，啊咿唔唉噢乱念一通；等鬼子一走，我们就把日语课本收起来，重新学习自己的中国课本。师生们就是这样来应付日本鬼子的。"

"难怪一点都没有学会！"我恍然大悟。与此同时，却想起了父亲的一笔好字，以及文从字顺的日常文字，甚至还会写"老干体"的旧诗。

……

我知道在当时东亚的有些地方，日本人推行日语教育是成功的，甚至还"培养"出了能用日语写作的作家；但是在中国内地广大的沦陷区，却似乎并无多少人学会了日语——我在中国内地从未像在有些地方那样,遇到过哪怕稍懂一点日语的父辈们。这其中,那些无名的乡村教师们,也就是我父亲的先生们,他们起了什么样的作用呢?他们每天都在上着比《最后一课》更伟大的课,他们在课堂上为坚守中华文明进行着另类抗战。(想起琼瑶在《我的故事》里写到,她祖父和父母就是这样的教师,所以成了日本兵的眼中钉,不得不逃难进深山沟里。)

而且,这样的场景在中国历史上发生了不止一次吧?中华文明就是这样历经劫波不绝如缕地存续下来的吗?

……

于是,我一边继续努力地学着日语,并劝后生们也好好学习日语,一边在心底里深深地钦敬着在那个特定的年代里坚持教中国书的先生们,以及坚决不肯学会日语的父辈们。

2013 年 12 月 31 日于巴黎郊外

(原载 2014 年 3 月 6 日《新民晚报》"夜光杯")

上帝的感觉

正午时分,我轻轻升上云端,阳光灿烂。波平如镜的大阪湾,周遭高低起伏的丘陵。满坑满谷玩具般的灰色建筑,填满了山海间所有的空隙,那河川冲刷成的溪谷浅滩。我顿悟,日本人何以如此在乎他人的视线,又为何用礼仪置下彼此间的距离;生存空间实在太挤了,没有从容优游的余地。

那云层开合处隐现的积雪峰峦,就是日本屋脊飞骅山脉了吗?但是且慢,遥远的天边,有圆锥形山峰刺穿云层,反射着金黄色的日光,孤傲地耸立在滔滔云海之上,宛如汪洋大海中的一座孤屿。哦,富士山!天孙为何不是降临在你头上,这列岛伸出云海的唯一领地?

云海散开去,大海漾过来。高丽海,日本海,东海,两边争论不休,却是同一片水域。Z字形的一块,像失落的拼图片(puzzle),那是佐渡岛,古时流放犯人,如今出产海鲜。美空云雀的《佐渡情话》,好想再听一遍。一路往北,波光潋滟,舟楫犁浪,那曾是渤海国使节的航路。他们与日本馆伴唱酬汉诗归来,却再也找不到自己的故乡。

海洋退隐了,亚欧大陆登场。那大片大片亮晶晶的宽阔水域,是两江合流后的阿穆尔河(黑龙江)?西伯利亚大平原,黑土地蔓延开去,无边无际,一幅静止不动的画面,打个盹看还是那样。难怪俄罗斯歌曲的旋律如此忧伤,日瓦戈医生在瓦雷金诺如此绝望。变化的只有河网,纵横交织,蜿蜒流淌,是大地肌肤上密布的血脉。那些静水深流的大河,是勒拿河、叶尼塞河?还是鄂毕河、鄂尔奇斯河?哪里是曾经的古拉格群岛,伊凡度过了漫长的一天?

黑土地变成了冰雪世界。湖泊像大大小小的眼睛。又有积雪的峰峦涌起,波澜壮阔,似一道纵贯南北的长城。那是乌拉尔山脉,亚欧大陆的分界。我翻越过去了,一如鞑靼人当年。山脉那边,东欧大平原一马平川。那里有普希金的皇村回忆。命运让安娜来到了莫斯科。奥勃洛摩夫迟迟不肯起床。

又见海洋。巴伦支海、白海、芬兰湾、波罗的海。间杂着陆地。神秘的科拉半岛。千湖之国芬兰。穿过赫尔辛基、塔林,擦过斯德哥尔摩、哥本哈根,折回广袤的大陆。有大河北流入海,三角洲人烟稠密,那是易北河,还是莱茵河?维特的绿蒂来到魏玛,坐上歌德大臣的马车。"比利时小人"波洛总能识破真凶。

法国的平野。大块大块的绿色,被道路区画成棋盘,点缀着森林与村庄,彼此间隔遥远。生存空间之奢侈,与日本几成云泥,所以彼此致命相吸。这就是个人主义的起源了。包法利夫人却仍孤独着。蓝天、白云、红酒,法兰西三色旗是写实,同色名电影也成了经典。在斯万家那边的花园,山楂花是否依然盛开?

下午茶时分,挑一片最浓最郁的绿色,我轻轻降临大地。历时十二个半小时,行程一万公里,跨越七个时区,从大阪湾来到巴黎郊外。这番亚欧海陆空中大巡礼,让我体验了一回上帝的感觉。

2011 年 5 月 2 日

(原载 2013 年 10 月 27 日《新民晚报》"夜光杯")

巴黎观墓

初访巴黎,小住五天,三天观墓。

巴尔扎克、普鲁斯特、王尔德、肖邦、缪塞、拉封丹、莫里哀、博马舍、奈瓦尔、圣西门、科莱特、阿波利奈尔、德拉克罗瓦、柯罗、罗西尼这些人睡在拉雪兹神甫公墓里。法共领袖阿拉贡等人的墓也在,面对巴黎公社社员墙旧址(原墙已移至公墓外面),形成无产阶级的红色一角。王尔德的墓碑上印满了红唇,都是花痴女粉丝之所为,尽管他本人是同性恋者。我到底不知道艺术和人生究竟谁模仿了谁,但我确定地知道所有红唇都模仿第一只红唇。别人墓的介绍都是"作家"、"画家"、"音乐家"之类,老雨果墓介绍了其眼花缭乱的英勇战绩,但点睛之笔仍是"作家之父"——毕竟父以子荣,枪杆子不如笔杆子。不过又有人但书说:"宁馨儿雨果在先贤祠里。"——雨果曾来过这里,为巴尔扎克的灵柩牵挽,大仲马并排走在右边(另一头是圣伯甫和当时的教育部长);但死后"忠孝不能两全",让老爸寂寞了。

戈蒂耶、维尼、司汤达、小仲马、"茶花女"(原型)、龚古尔兄弟、德加、莫罗、伯辽兹、奥芬巴赫、傅立叶这些人睡在蒙马特公墓里。左拉也曾在这里睡了八年,后来荣升入先贤祠,但公墓为他保留了"故居"。"茶花女"墓比小仲马的热闹,簇拥着不少真假茶花。司汤达身在巴黎,"心"在米兰,墓碑上写着:"米兰人/写过/爱过/活过",不用母语法文,却用外语意大利文(肖邦异曲同工,身在巴黎,心在华沙;伏尔泰身在先贤祠,心在黎塞留图书馆,算是相距最近的)。

莫泊桑、波德莱尔、贝克特、杜拉斯、萨特和波伏瓦、莫里亚克、圣伯甫、圣桑这些人睡在巴纳斯山公墓里。波德莱尔墓是个家族墓,墓碑上刻着他继父的事迹,任过什么荣耀的官职,附带才提到了波德莱尔。但现在,"菠菜"们为波德莱尔而来,还有谁会留意他继父的名字呢?杜拉斯的墓前,供着巴黎市长新送的鲜花,娇艳欲滴。看来市长大人是杜拉斯的"粉",但他也是用公款追的星吗?

(巴黎六区圣伯努瓦路5号是杜拉斯的故居,从1942年回国到1996年去世,她在此居住了长达半个多世纪。2011年,巴黎市政府在其故居大门上设置了纪念牌,而这正是巴黎市长墓地送花后不久之事。)在萨特和波伏瓦的墓上,我未能免俗,像其他人一样,留下了来路用过的地铁票。

只有地铁票,没有鲜花。我万里迢迢而来,不看别的,只看他们,即使没有鲜花,他们也该满足了。

"一旦你死去了,躺在哪里又有什么关系呢?是躺在龌龊的水坑里,还是躺在高高仡立在山峰上的大理石宝塔里?你已经死了,你再也不会醒来,这些事你就再也不去计较了。对你说来,是充满油垢的污水,还是轻风习习的空气,完全没有什么两样。你只顾安安稳稳睡你的大觉。"(雷蒙德·昌德勒《长眠不醒》)

然而在法国八宝山先贤祠里,我发现这话说得没道理,因为活着的人是会计较的。除了伏尔泰、卢梭享受"贵宾室"待遇,看雨果、大仲马、左拉、马尔罗等人的石棺,躺在一间间"集体宿舍"的双层床上,觉得与其这么没个性地"束之高阁",还不如像其他人那样睡在公墓里,还可与清风明月花香鸟语为伴,与老爸爱儿情人兄弟为伍。

人人死而平等。热爱自由平等博爱的法国人,解散了高高在上、等级分明的先贤祠罢?

       2011 年 1 月 16 日于日本京都
     (原载 2011 年 2 月 19 日《新民晚报》"夜光杯")

莎　乐　美

此莎乐美,既非《圣经》中之历史人物莎乐美,亦非王尔德、施特劳斯等人笔下之文艺典型莎乐美,更非以尼采、里尔克、弗洛伊德诸杰之故人闻名于世之俄国佳人莎乐美,而是法国布列塔尼 R 大中文系学生莎乐美。

但要说古今莎乐美绝无联系,那倒也不一定。至少,此莎乐美曾竞选 R 城小姐,而拔得次筹,说明容貌或不输于彼莎乐美。

然据彼母所言,其女名列第二,实多委屈云。那个冠军丑蠢无比,各方面均远逊于其女,若非赛事有黑幕疑云阴谋猫腻等等,其女必夺冠无疑。若其女夺冠,代表 R 城征战大区,则必能为布列塔尼小姐,继而为法兰西小姐,为欧罗巴小姐,为世界国际宇宙环球天下小姐……水到渠成,顺理成章,一切皆有可能。同学友生凡见过冠军者咸然其言。

莎乐美止步R城小姐第二,无缘为乡邦家国争光,只得继续攻读难懂的中文——"像汉语那样难以理解",她的同胞普鲁斯特也曾感叹过的。

唯莎乐美容貌虽佳,中文却实在是可怜,简直跟没学过的一样。尤其遇到考试,容貌帮不上忙,愁眉苦脸,反致花容失色(可见他们的上帝是公平的)。这不,最近的口语课考试,她就有被挂(不及格)之虞。莎乐美情急无奈(她自己说是"狗急跳墙"),每遇口语课老师,便像祥林嫂一样念叨:

"我在台湾学过功夫的,我可不可以用功夫代替口语?"

说着便手舞足蹈起来,摆出各种打斗架势。老师们听了,自然是匪夷所思,满脸惊愕:

"用功夫代替口语?你苹果酒喝多了?亏你想得出来!"

莎乐美据理力争:

"为什么不可以呢?师父教功夫,徒弟学功夫,说的都是口语嘛……"

两地交流,学分不妨互换,但"功夫"课和"口语"课,实在是风马牛不相及,结果自然可想而知。

莎乐美心知肚明自己中文不行,故上课时,常与一中文极佳之男生同坐,以期随时得到该生之指点。然而该生竟名"施洗约翰",让人不禁为其首级担心!

该实习了,诸生纷纷投送简历。某在华投资之法国企业,财大气粗,尤受诸生青睐,但对中文要求甚高,申请者很难通过。莎乐美不自量力,也投了简历。选拔结果出来那天,诸生纷纷打开邮件,教室里顿时哀声一片。正在此时,只见莎乐美乐得蹦了起来:"我通过啦!我通过啦!他们要我啦!"

老师诸生面面相觑,不敢相信自己的耳朵,进而对伏尔泰主张的"理性"等等口号也怀疑起来。老师忽然想到了什么,气急败坏地对莎乐美喊道:

"你一定把 R 城小姐第二写进简历了!"

莎乐美得意扬扬,

"那当然啰!干嘛不呢!"

老师一屁股坐在椅子上,"完了完了,你这种中文水平,出去肯定丢尽我们 R 大中文系的脸,完了完了……"

……

我不远万里来到 R 大,边喝着诺曼底苹果酒吃着布列塔尼可丽饼,边听友人八卦有关莎乐美的种种趣事,不禁乐不可支,心想她能如此独出心裁,也不失为"诗有别才非关学",焉知一定就"丢脸"呢?况且退一万步说,万一真要"丢脸",丢的也应该是那家以貌取人"别有用心"的法国企业的脸吧?

2013 年 5 月 13 日

(原载 2013 年 9 月 1 日《新民晚报》"夜光杯")

雷恩的米兰·昆德拉

春天。法国布列塔尼大区的首府雷恩。在雷恩二大的教室里,我正给中文系诸生上着课,大家海阔天空地聊着文学。话题不知怎么转到了米兰·昆德拉。我介绍说,他在中国很流行。还八卦说,他的中文译名的汉语拼音(Milan Kundela),与他的本名(Milan Kundera)只差一个字母,不知道的中国人,会以为"r"是"l"的打印错误,西方人则正好相反。这时某生便悠悠地说:

"老师,您知道吗,米兰·昆德拉曾经在雷恩住过一阵子?"

我孤陋寡闻,当然不知道了。我只知道夏多布里昂在雷恩上过两年中学,下课后常去"他泊山"(Thabor)公园溜达或打架。"在我心目中,雷恩是巴比伦,雷恩中学是一个世界。"他在《墓畔回忆录》中如是说。

"他住在雷恩的那栋高层公寓里。那是好多好多年以前的事了。"

那栋高层公寓我知道的,名字叫"视野"(Les Horizons)。我散步去老城时,总要在它下面经过。区区三十余层,在雷恩就算是最高的了。似乎也只此一栋,孤零零地矗立在老城边上,显得突兀而难看。

"他住在那栋公寓的顶层,可以俯瞰雷恩的市容。他总是说雷恩真丑,实在是丑。"

我倒是觉得雷恩很美,典型的欧洲古市镇,沧桑感结合了现代感,宜家宜居。但我知道米兰·昆德拉也没错,因为他来自布拉格,而我则来自上海,彼此的参照系不同。据说因为失望于雷恩的"丑",他抵达雷恩的当晚,便逃去了北边海滨的圣马洛,那是夏多布里昂的出生和埋葬之地。又据说他的直言不讳,让雷恩的游客中心沮丧不已。

"他公寓的窗户朝东,朝布拉格的方向。他说:'透过我的泪水,我看得见我的祖国。'"

我悚然心惊——雷恩距布拉格,至少两千公里!后来我才知道,在写于这栋公寓的《笑忘录》(*Le Livre du*

rire et de l'oubli)里,他提到过这件事。"布拉格之春"后,他苦熬了七年。1975年,他离开捷克,一路往西,抵达雷恩,住进了这栋公寓。翌日清晨,太阳把他照醒。"我看明白了,那些大窗户是朝东开的,朝布拉格的方向。"他站在自己公寓屋顶的阳台上,看着在布拉格聚会的诗人们。"不过实在是太远了,幸好我的眼中有一滴泪,它就像望远镜一样,让他们的脸离我更近。"他后来虽然在雷恩住了多年,但这是他作品中唯一一次提到雷恩,人们便嘲讽他总是"生活在别处"。1979年,他被褫夺了捷克国籍。"故园东望路漫漫,双袖龙钟泪不干",祖国现在真的只能在泪水中相见了。同年,他离开雷恩,前往巴黎。两年后,他获得法国国籍,成了一个法国人。

"他住在雷恩,是因为他当时受聘在我们雷恩二大教书。法国作家费尔南德斯推荐的他。"

"是吗?他在这儿教什么呢?"我觉得一下子离他很近。

"好像也是比较文学什么的吧。"

"那么,他上课应该也在这栋教学楼里啰?"

"应该是的。"

"也在这间教室里上过课?"

"完全可能!"

"也坐过我现在坐的椅子?"

"为什么不呢?"

"也在这块黑板上写过字?"

"那是当然的!"

……

窗外忽然下起了瓢泼大雨。我没带伞。看诸生似乎也都没带。可我并不担心,因为这是布列塔尼的雨,布列塔尼春天的雨。这里的谚语说:"在布列塔尼,只有傻子才会被雨淋到。"(En Bretagne, il ne pleut que sur les cons.)它来得快,去得也快。不到下课时,就会雨过天晴。学校操场上的滩滩积水里,会有白云悠悠浮过蓝天,还会反射出金红色的日光。

这也是曾经在这里上课的米兰·昆德拉经常遇见的情景吧?

想必他也不会带伞。在布列塔尼,只有傻子才会带伞。

2013 年 8 月 15 日

(原载 2013 年 9 月 25 日《新民晚报》"夜光杯")

亲爱的马塞尔

亲爱的马塞尔:

一百年前的今天,也就是1913年11月8日,你的《追忆似水年华》的第一卷《在斯万家那边》出版;一百年后的今天,我在阿尔卑斯山麓阿讷西的书报亭里,看到并买下了《费加罗报》为纪念此书出版一百周年而出的图文并茂的专辑;而早在一个多月前,我已在复旦的课堂上以关于"贡布雷"的报告提前作了纪念;但是在今天,我还是忍不住要再给你写上几句。

你曾在全书最后一卷的一个自注里预言:"像我的肉身一样,我的著作最终有一天会死去。然而,对待死亡唯有逆来顺受。我们愿意接受这样的想法,我们自己十年后与世长辞,我们的作品百年后寿终正寝。万寿无疆对人和对作品都是不可能的。"如果此自注写于1912年末全书初稿完成之时,那么你果然于十年后的1922年去世,你的第一个预言不幸应验;但是一百年后的今天,我们好像才刚刚开始谈论你的作品,你的第二个预言落了空——但这又是多么美好的落空啊!

你的朋友热内·培德说,当年,《在斯万家那边》被巴黎所有的大出版社拒绝,包括纪德们主持的《新法兰西评论》社,最后只能以屈辱性的自费方式出版。直到数年后,来自民间读书界的声音促使纪德们意识到了自己的错误,才让《新法兰西评论》社毫无保留地为你敞开了大门。"现在想起这些,真让人不可思议。当时要提起马塞尔·普鲁斯特,人们会说:'马塞尔·普鲁斯特……'很多年里,除了几个没用的好朋友外,没人来关心这个不幸的、有些疯疯癫癫的家伙;而之后,全世界都将为之着迷。"(《普鲁斯特之夏》)

是的,人们曾经都误解了你。曾经拒绝了你的纪德后来解释说:"在我看来,你不过是个频频光顾 X、Y、Z 夫人府邸,外加专给《费加罗报》写无聊文章的人。坦率地说吧,我把你看成一个喜好风雅、趋炎附势的社交名流。"消除这种误解花了他整整两年时间,而对这种误解的遗憾和愧疚则更纠缠了他的余生。你曾谦虚地问法朗士为何如此博学,他的回答也显示了这种误解有多深:"这非常简单,亲爱的马塞尔;我在您这个年龄,没有您这样漂亮,不讨人喜欢,也不去社交界,就呆在家里看书,不停地看书。"其实要论博学,要论读书,法国作家中没人比得过你,法朗士也比不过的。所以也就难怪,后来面对你的作品,法朗士只能放弃:"我不理解他的作品。我下了功夫,可还是无法明白。"

而今天,全世界的读者都为你着迷,我不过是其中的一个。早在上世纪八十年代初,你的作品刚刚"重入"中国,我就开始读它们了;但是说来惭愧,直到今年春天,我才终于读完了全部七卷,竟然比你写它们的时间都长。不过你用不着不满意,因为我是真正的用心通读,用四分之一个世纪去读,没有跳过任何一个字。我还想要告诉你,我从来没有得到过如此大的阅读快感,也没有其他任何作品,曾经这么深入地强烈地震撼我的心灵,让我看到了一个如此美妙的文学世界。我的读书生涯,以读完你的全书为分界,是两个迥然不同的境界。我愿意用我所有的文字,来换取你书中的任何一段描写,虽然你肯定不愿意接受。

在你位于拉雪兹神甫公墓的平卧着的黑色大理石墓

碑上,常会有像我一样热爱你的读者给你留下便条,

"亲爱的马塞尔,你是个无与伦比的天才。天堂见。"

"亲爱的普鲁斯特,你会活在所有读者和见证你卓越才华的人的记忆里。"

……

读着这些便条,感觉就像是你从来就没有离开过人世一样——对于一个作家来说,这才是真正的不朽吧?你喜爱的作家"贝戈特"去世了,你在书中满怀忧伤地写道,"我心里明白,这一天贝戈特的死使我非常难过……人们埋葬了他,但是在丧礼的整个夜晚,在灯火通明的玻璃橱窗里,他的那些三本一叠的书犹如展开翅膀的天使在守夜,对于已经不在人世的他来说,那仿佛是他复活的象征。"把"三本一叠"改成"七卷一套",这话说的简直就是你自己啊,亲爱的马塞尔!你相信人生短暂,而艺术长存。"虽然我在一切欢乐之中甚至于在爱情之中遇到的全是虚幻,但是世上还有其他东西存在——毫无疑问只有艺术才能使之实现。"你实现了你的夙愿:你在你的书中复活;你在你的书中永生。

今年春天,也是在你们的复活节假中,也是在山楂花盛开的季节,我造访了伊利耶-贡布雷——你作品和精神的"原乡"。我坐在大栗树下的铁桌前,我站在莱奥妮姑

妈的床边,我走过维福纳河上的老桥,我去了斯万家那边的花园……从今往后,那贡布雷花园的铃铛声,也将穿越时空,不时在我的梦境中出现……

一个热爱你的中国读者
2013年11月8日枫丹露白时节于你的祖国

(原载2013年11月24日《新民晚报》"夜光杯")

卡 米 耶

在蒂埃里堡拉封丹故居的一个陈列柜里,我第一次看到了卡米耶·克洛岱尔的作品,一件名为《华尔兹》的小小的青铜雕塑(我不知道它为什么会陈列在那儿)。一对舞者轻舞飞扬,看上去失去了重心,马上就会倒下来,但又奇异地保持着平衡;舞姿的动感,人物的痴迷,作者的激情,凝聚成了一个迷人的瞬间,离开了喧嚣的舞厅,离开了时间的激流,固定在了这件青铜雕塑里,那么唯美,那么忧伤……

当然,这不是原作,原作陈列在巴黎的罗丹博物馆里。那里有一个卡米耶的特别展室,陈列着她的二十来件作品,在充栋盈室的罗丹作品的包围中,占据着一个小小的空间。

看那件《流言》,四个女人,围坐成一圈,头凑在一起,窃窃私语……当年曾引起轩然大波,说是污蔑了上流社会,贵夫人主导的沙龙,但现在怎么看怎么像是女性生活的生动代言……

看那件《海浪》,据说是受江户浮世绘(葛饰北斋的《富岳三十六景》之《神奈川冲浪里》)影响之作,但是在即将重压下来的滔天巨浪下面,取代原来的扁舟的,是三个小小的女人,她们似乎对灭顶之灾一无所知,又似乎根本无惧于灭顶之灾,在海浪里忘情地舞蹈着,嬉戏着……

这些都是对男权社会中女性处境的隐喻吗?1885年,卡米耶刚开始与罗丹热恋,莫泊桑出版了《俊友》(一译《漂亮朋友》),一时"巴黎纸贵"。女主角之一的玛德莱娜,空有政治头脑,新闻才华,放在今天,肯定是受欢迎的专栏作家,甚至是称职的报刊主笔,但在当时,却只能躲在男人身后,先后替几个愚蠢的新闻界男人捉刀代笔……卡米耶身处的,就是这样一个时代,这样一种社会;雕塑界也如新闻界,女性并不招人待见,女性无从表达自己。

况且她遇到了罗丹。看那件《熟年》,两个女人,撕扯着一个男人,一个近一点,一个远一点;近的那个,"她像只动物一样地依赖我"（罗丹说罗丝语）；远的那个，双膝跪地，双手前伸，那么哀婉，那么迷惘，那么无助，竭力想要留住那个留不住的男人，可是全然没有希望……一个参观的老妇人，像着了魔似的，对着雕像左拍右拍……

经历过卡米耶，罗丹自己脱胎换骨，从身心到作品："我注定要认识你，重过一种全然陌生的生活，我那暗淡的存在才能在喜悦的火中燃烧。谢谢你。因为你，我的生命得到了属于神性的那一部分。"使罗丹与希腊罗马划出界限的，正是卡米耶。

然而作为一个男人，作为一个主流艺术家，罗丹从来没能真正懂得卡米耶；他的作品，在某些方面，也从来没能达到卡米耶的高度。正如卡米耶的弟弟保尔所批评的，当罗丹的人物还挣扎在泥土里时，卡米耶的精灵就已经从泥土里飞升了（这就像贾宝玉说的，男人是泥做的，女儿是水做的）……充满灵性的《华尔兹》，正是一个绝好的象征（据说那是德彪西的最爱，终其余生置于钢琴之上）。

这是因为，卡米耶不仅是一个罗丹般的艺术天才，她还是一个女人，一个不愿躲在男人身后的人，一个有着强烈的女性意识的人，一个雕塑界的乔治桑、伍尔夫、波伏瓦，一个反抗男权社会的滔天巨浪从而遭遇灭顶之灾的人……她说布朗基的话,正好适用于她自己:"一个自发的反抗者,他不太知道自己反抗什么,但他感觉到了自己处于虚假之中,处于一个深陷在错误之中的世界。他坚持抗争,虽然不知道真理何在……伟大的反抗,然而却埋葬在过于浓密的烟雾之中。他的反抗只是徒劳,最终只有毁灭。"正是这些,使她的作品超前于时代,迥异于侪辈,也使她的人生注定成为一场悲剧。

罗丹却竟然还语重心长地劝告她:"我的朋友,放弃您那些女人的特点,展现您的令人神往的作品吧……"

骄傲的罗丹啊,你懂得什么呀!

2013年12月4日于巴黎郊外

(原载2014年1月18日《新民晚报》"夜光杯")

名片与门票

在法国旅行的时候,我身上总备有名片。那不是交换用的,而是买门票用的。

每次面对景点的售票员,我总是先递上名片——记得英文那面朝上,然后是照例的询问:

"我是教师。门票可以打折吗?"

第一句我努力用法语说,以示对优雅的法兰西语言(其实是拉丁语的败家子)的尊重;第二句以下随便用什么语说,只要能让他们明白我的意思(是的,随便什么语!我曾遇到过汉语说得很溜的售票员)。

初次试水是在尚博尔城堡,那次完全是异想天开,不过是想开个玩笑。不料售票员"卖蛋母"(女士)一脸严肃,细细地研究过我的名片后,竟然爽快地回答"唯"(行)!

其实法国景点的门票一般都有打折条款,但具体适用条件却模糊得很,解释权完全在售票员手里。售票员各式各样,有"卖蛋母"有"卖靴"(男士),或年老或年轻,时胖时瘦,白的黑的黄的,懂英语的不懂英语的……听到我的询问,开头的反应都差不多,先是一愣,然后开始研究我的名片……然而后面的判决就各不相同了,就像形形色色风味各异的奶酪。

"教师?专业人员?可以打折!"

"打折?不,你甚至可以免费!"

"只有法国的教师才可以打折!"

"我们这里连总统也不能打折!"

……

每个判决下达之前,结果全然无法逆料,我只能惴惴等待,看这次运气如何。我仿佛觉得,每个景点的售票窗口后面,都守着一个普鲁斯特笔下的厨娘弗朗索瓦丝,"能办不能办,弗朗索瓦丝自有一部严峻专横、条目繁多、档次细密、不得通融的法典,其间的区别一般人分辨不清,也就是琐细至极"。他们研究我的名片,决定如何判决,就像弗朗索瓦丝"足足端详了五分钟"马塞尔托她转交给妈妈的信,以便确定"应按她那部'法典'中的哪一项'条款'来处置"。我想起初战告捷的尚博尔城堡,同行的一位教师也递上名片,但"卖蛋母"却坚决地回答"侬"(不行)。问她为何差别对待,她一脸不屑,表示没必要解释,也不接受上诉——是的,每个售票员给出的都是终审判决!

听到"唯"总是高兴的,听到"侬"总是不快的,所以对我来说,世界上存在着两个法国。一个是可爱的法国,也就是门票给打折的法国,领地包括但不限于:朗博耶宫殿、凡圣城堡(王室的亲切)、圣米歇尔山、圣但尼大教堂(教会的亲切)、阿宰勒里多城堡、希农城堡(贵族的亲切)、布尔日心雅克故居(商人的亲切)、普鲁斯特博物馆、巴尔扎克博物馆(文人的亲切)、地下墓穴(先民的亲切)……一个是可恶的法国,也就是门票不给打折的法国,领地包括但不限于:凡尔赛宫殿、枫丹白露宫殿(王室的傲慢)、荣军院(军人的傲慢)、沙特尔大教堂、布尔日大教堂(教会的傲慢)、昂热城堡、舍农索城堡(贵族的傲慢)、圣艾米利翁村(商人的傲慢)、司汤达博物馆(文人的傲慢)……

我做了一个梦,梦见法国驻华外交官员们看到了拙文,由于事关法国形象,于是赶紧向国内有关部门报告,要求对各景点的售票员紧急培训,重点是要求他们统一口径,也就是在看到我递上的名片时,对我的打折要求一律说"唯"。如果我美梦成真,那么下次我造访法国时,两个法国就会统一成一个,也就是可爱的法国,其意义应超过当年两个德国的统一。

2013 年 6 月 5 日

(原载 2014 年 2 月 11 日《新民晚报》"夜光杯")

马赛鱼汤

我全神贯注地打量着我面前的马赛鱼汤,努力把它跟我想象中的挂起钩来,但是说老实话,我知道自己绝无成功的可能与希望。

我想象中的马赛鱼汤,传得神乎其神的马赛鱼汤,说是如果不品尝在那里的旅行就不算完整的马赛鱼汤,在普罗旺斯-艾克斯度过学生时代的左拉去巴黎上大学后念念不置的马赛鱼汤,在莫泊桑的小说里被比作拥挤的马赛港的马赛鱼汤……难道应该是这个样子的吗?

它应该是什么样子的呢?按照"全球化视野中的比较鱼汤学",我的参照系,自然是"大汤黄鱼",是"宋嫂鱼羹",是"天目湖鱼头汤"……所以在我的想象中,它应该是内容丰富的。要不然,它怎么能勾得住左拉的味蕾和回忆呢?他可是把普罗旺斯-艾克斯说得一无是处,尤其抱怨那里的姑娘不如巴黎的漂亮;而唯一使他念念不置的只有马赛鱼汤,他在信中跟老同学塞尚抱怨说,到巴黎后最大的遗憾就是吃不到马赛鱼汤。左拉这番话给人的印象是,姑娘不如鱼汤;就像日本谚语里说的,团子比花好;或者韩国谚语里说的,金刚山也是食后景。(塞尚不像左拉那样北漂巴黎,一直在故乡作画,画普罗旺斯的乡土风貌,说不定也正是为了舍不得这道鱼汤;后来他与左拉闹翻,不知是为了姑娘还是为了鱼汤?)也正因为左拉如此痴迷马赛鱼汤,所以我甚至把它看作是"左拉的鱼汤",它成了我心目中最有文学意味的鱼汤。左拉小说的世界那么丰富多彩,他喜爱的马赛鱼汤,怎么也得像"卢贡-马卡尔家族",内容同样丰富多彩是伐?

然而我面前的马赛鱼汤……它刚刚由"喂得"(侍者)端上餐桌,附带几片烤得焦黄的面包,一小钵金黄色的蛋黄酱……而且我此刻正是身在马赛,在火车站著名的"大楼梯"下,在名字也叫"大楼梯"的餐馆里,点了这道我垂涎已久的马赛鱼汤,这道充满文学意味的"左拉的鱼汤",一切都"正宗"得不能再"正宗"了……

然而我面前的马赛鱼汤,里面却是什么都没有!

诺曼底人莫泊桑,写小说出了名发了财,未能免俗,在普罗旺斯买了游艇过日子,游艇就叫"俊友"号(Bel-Ami)。他住在普罗旺斯时,估计没少喝马赛鱼汤,也估计没抱什么好感(对他来说,什么都比不过诺曼底的海鲜吧)。他在小说里打比方说,马赛港就像是马赛鱼汤:"港口内,沿着码头,边靠边地停满来自世界各地的船只,乱七八糟,有大有小,式样不同,装备也不同,在这显得过于狭小的港湾里,就像一盆杂烩鱼汤似的,船壳在这个臭水湾里如同泡在这鱼汤里撞来碰去。"(《港口》)那么反过来,马赛鱼汤也应该像马赛港,如果鱼汤里什么都没有,那就像马赛港里没船,岂不是变成了一个死港?

然而我面前的马赛鱼汤,就像从马赛开往上海的"白拉日隆子爵号"(Vicomte de Bragelonne),船上就没有一个像样的人一样,里面竟然什么都没有!无论我怎么努力打捞,努力"拷浜",甚至念叨着左拉的名字,念叨着莫泊桑的名字,就像念叨咒语,然而我面前的马赛鱼汤,始终只是一盆清汤寡水,里面依然什么都没有!

马赛鱼汤,哪怕你给我一架鱼骨也好啊?至少可以暗示仿佛曾经有过鱼肉,就像桑提亚哥老爹渔船旁拖的那个大鱼骨架,证明老人确曾钓到过一条大马林鱼……

然而我面前的马赛鱼汤，里面就是什么都没有！

2013 年 11 月 3 日于巴黎郊外
（原载 2013 年 12 月 16 日《新民晚报》"夜光杯"）

跋

收入本书的四十七篇文章,除了两篇(《凋谢的青春的果实》、《小酒馆之夜》)写于二三十年前之外,其余的都是近几年之作,并大都承祝鸣华先生的美意,发表在《新民晚报》的"夜光杯"副刊上(始于《一个人的纪念》,终于《凋谢的青春的果实》;而后者从撰写到发表,相隔了整整三十年)。现在又承宋文涛先生的美意,得以结集成书出版。对于以上二位"伯乐",谨表示衷心的感谢!

我写得很少,因为不必为写而写。只有那些反复出现在我心里,纠缠我不解,始终摆脱不了的东西,我才试着把它们写下来。而一俟我把它们写了下来,它们就好像获得了独立的生命,从此与我相忘于江湖,再也不来打扰我,有时甚至都想不起它们来了。这种写作,让我获得了解脱,得到了安宁,所以分外欢喜。

本书的篇目排列大致依我的生活轨迹,而非写作或发表时间先后;但附记写作、发表时间,以为长日留痕。写作地点除注明者外,均为上海。书名取自最后一篇,别无深意;倘要画蛇添足,则法人爱说的"赛辣味"(C'est la vie,这就是生活),庶几近之。

从外婆、祖母的乡下,到布列塔尼的海边,我横贯亚欧大陆,已经走得够远。那么,亲爱的朋友,请允许我暂且就此歇歇脚吧?

邵毅平
2014 年 5 月 22 日识于沪上圆方阁

图书在版编目(CIP)数据

马赛鱼汤/邵毅平著. —上海:复旦大学出版社,2015.5
(复旦小文库)
ISBN 978-7-309-11311-2

Ⅰ.马… Ⅱ.邵… Ⅲ.小品文-作品集-中国-当代 Ⅳ.I267.3

中国版本图书馆 CIP 数据核字(2015)第 057679 号

马赛鱼汤
邵毅平 著
责任编辑/宋文涛

复旦大学出版社有限公司出版发行
上海市国权路 579 号 邮编:200433
网址: fupnet@ fudanpress.com http://www.fudanpress.com
门市零售:86-21-65642857 团体订购:86-21-65118853
外埠邮购:86-21-65109143
浙江新华数码印务有限公司

开本 787×1092 1/32 印张 4.875 字数 75 千
2015 年 5 月第 1 版第 1 次印刷

ISBN 978-7-309-11311-2/I·899
定价:25.00 元

如有印装质量问题,请向复旦大学出版社有限公司发行部调换。
版权所有 侵权必究